与最聪明的人共同进化

CHEERS

HERE COMES EVERYBODY

CHEERS
湛庐

时光胶囊
株式会社

タイムカプセル
株式会社

[日] 喜多川泰 著

于蓉蓉 译

浙江教育出版社·杭州

所有人都有从苦难和逆境中走出来的力量，

我们只需要一次邂逅，帮我们找回曾经的自己

轻扫二维码

领取专属阅享好礼

开启一趟跨越十年的心灵之旅

目　录

序曲

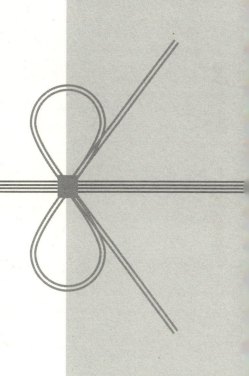

十年前からやってきた使者

少年强忍着悲伤，努力露出一抹微笑，对躺在床上的少女说："你感觉怎么样？"

少女慢慢睁开眼睛望向少年，无力地笑了一下："洋辅君，你来了。"

少女的声音微不可闻，需要少年跪在床边贴近少女的脸才能听见。

"我好高兴啊。"泪水顺着少女的脸颊滑落。

仿佛以后再也见不到少女一般，少年泪流满面。

少女微微一笑，说道："这次轮到我被你嘲笑了。"她吃力地扭过头，将后脑勺朝向少年，"你看，头发都睡炸毛了，挺厉害的吧？"

响亮的铃声响起，英雄看了一眼正在振动的手机："真是的，正看到关键时刻……"

英雄将手里的泡面放到玻璃桌上，拿过手机查看。英雄不认识这个来电号码，却猜到了对方是谁。英雄赶紧暂停了电影，快速咽下口中的面条，烫得他倒吸了好几口气。

"您好。"

"您好。我是时光胶囊株式会社的若林。请问您是新井英雄先生吗？"陌生而礼貌的声音在电话那边响起。

和英雄预料的一样，正是他投简历的那家公司。英雄不由自主地将背挺直："是我。我是新井。明天的面试还请您多多关照。"

"我正是为明天的面试给您打的电话。由于我们这边时间安排上有变动，所以面试取消了，实在抱歉。我打电话来是想和您约其他时间。您看今天下午一点，或是下周五的下午，您哪个时间点方便过来？"

英雄看了一眼表，现在还不到十一点，应该赶得上。"那就今天下午一点我去贵公司面试吧。"对想尽快找到工作的英雄而言，如果面试推迟一周，就会严重影响他的生计。

"好的。实在抱歉让您改了时间。那我们一点会在公司准时恭候，请您路上小心。"

"谢谢！"英雄一边道谢，一边向看不见的对方鞠躬。

在确定对方挂断电话后，英雄才把电话挂了。他急忙将刚才剩下的泡面吃完，才看到和泡面一起在便利店买的饭团，看来是没时间吃了。英雄将泡面碗放到玻璃桌上，起身关掉了电视和 DVD 播放机，横跨过乱七八糟的房间直冲向壁橱。幸好！壁橱里还有一套洗好的西服。

英雄随手撕开西服外面罩着的塑料套，看着手里的西服，心里有些不是滋味。这是他人生中订购的第一套西服。他甚至还记得这套西服是什么时候、在哪里做的。英雄赶紧晃了晃头，将自己从回忆中拉回了现实。他现在可没有时间沉浸在自己的情绪中。

"得赶紧洗个澡。"英雄一边想着，一边将衣服脱掉，随手扔进堆积如山的洗衣篮中。他看着满满的洗衣篮不禁苦笑。英雄一向自诩干净整洁，如今只是没了工作，自己就任由房间变得凌乱不堪，脏衣服堆积如山。其实他有充足的时间，只是没有收拾房间的心情。然而，眼下只是看到了一点儿希望，他就立刻感到不能再这样下去了。

洗完澡出来，英雄被外面的寒气冻得直哆嗦。为了节约电费，即使已经十二月了，他也舍不得开空调。

真是太冷了！

英雄以最快的速度擦干了身体，准备停当后便出了门。

此时英雄有些紧张，坐在面试的办公室里背挺得很直。他眼前的这位男子是这家公司的创始人兼社长，不过看起来比英雄还要年轻。这家公司已经经营十五年了，也就是说，这位社长在很年轻时就创建了这家公司。他用的是很有存在感的袖钉，紧紧贴在袖子上，别致而又自然，可以看出他是位很注重穿着的人。

英雄在来的路上，预想过面试时要被问的问题，但一想到自己要如何回答这些问题，他就有些绝望。他觉得这次面试自己可能不会给对方留下什么好印象，而且对方肯定会对那些难以回答的问题刨根问底。

没有公司会欢迎四十五岁还没有稳定工作的员工。至于自己的个人工作经历，如果顾左右而言他，反而会给对方留下不好的印象，曾经当过面试官的英雄非常清楚这一点。他决定要好好展示自己，不要回答得杂乱无章才好，但他也没有什么具体的准备，只能老实回答被问到的问题。总之，一定要让对方感受到自己对这家公司充满了热情，以及准备将自己的余生都奉献给公司的决心。

西山社长非常仔细地阅读着英雄的简历，不时微笑、点头认可。英雄试图跟着西山的视线，想看看他到底认可哪里，却看不到。等西山终于看完了简历，大概有五分钟时间，他们俩谁都没有说话，英雄却感觉仿佛过了一个小时，紧张得口干舌燥。

"自己曾经面试过的那些人，当时应该也是这样的心情吧。"

英雄不知道为什么会在如此紧张的时刻想到这些，他茫然地望向西山身后的窗外。这时，西山将简历放在桌上，面带微笑地看向英雄。英雄察觉后赶忙调整好表情。

"新井先生，您有什么问题要问吗？"

"啊？我这边没有什么特别想问的。"英雄有点儿蒙，绞尽脑汁想着如何接话。他觉得自己可能已经被录用了，但又没有自信。他有些惶恐地问道："我……我能被录用吗？"

"如果新井先生愿意的话。"

英雄激动地倾身向前："当……当然！我就是为了被录用才来面试的！"如果错过这次机会，他不知道什么时候才能找到工作，他可不想再被打回找工作的阶段了。

西山满意地不停点头："那就请您下周一来上班吧。因为需要定做制服，所以今天我们先为您量一下尺寸。量好了之后您就可以回去了。"

"好……好的！请您多多关照！"

听到英雄的回答，西山站了起来。英雄也连忙跟着站起来。

"那我就先失陪了。"西山礼貌地说道，然后转身离开了房间。

英雄郑重地对着西山的背影鞠了九十度的躬："谢谢您！"

不一会儿，一位年轻的女职员走了进来："打扰了，我来为您量制服尺寸。"她向英雄微微额首，随后用双手拉开卷尺，上前一步开始为他量尺寸。

"多谢！"英雄下意识地说道。他感到有些窘迫，因为那位女职员与他的距离太近了。

"不好意思，失礼了。"女职员一边说着，一边从英雄面前用卷尺绕过他的脖子，量了一下尺寸。

英雄闻到一股甜甜的香气。发现从对方敞开的领口可以看到她的锁骨后，英雄慌忙移开了视线，抬头望向天花板，屏住呼吸，紧张得全身绷紧。

眼前这位女职员此刻正量着他的臂长，然后又绕到英雄后面量肩宽。

英雄斜眼瞄了一下正在纸上记着数值的女职员。

"真漂亮……"英雄心想，然后又立刻闭上了眼睛。

"怎么了？"女职员一边微笑，一边和他搭话。

英雄有些惊慌："没什么……您是之前给我打电话的那位吗？"

对方笑了笑："是的。我叫若林丽子，请多多关照。"丽子一边说着，一边从后面用像拥抱一样的姿势，将卷尺从后向前绕过英雄的胸部来量他的胸围，然后用同样的方式量了腰围。

英雄不自觉地吸紧腹部。一年前他还经常去健身房，身材也比同龄人要好一些，没想到健身才停了一年，就有小肚子了。

英雄听到丽子的低笑声，感到有些不好意思，急忙解释："一年前我还经常去健身……"

　　他的话还没说完，丽子就已经回到了他面前，将一张五厘米长的绿纸条交给了他："这个，您忘记取下来了。"印着数字的纸条上方还带着订书钉。

　　英雄立刻明白她刚才为什么会笑了，原来是因为他的衣服上还挂着洗衣店的标签。英雄不知所措地摸了一下后背，就在他感到无地自容时，丽子已经量好了所需的尺寸。

　　"辛苦了。"丽子稍微拉开了些和英雄之间的距离。

　　英雄全身瞬间放松下来。

　　"周一早上七点，我会在这里等您。"说完，丽子向英雄恭敬地行了一礼。

　　英雄感觉自在了很多，也知道自己该离开了，于是他拿起放在椅子下的文件袋。

　　"那我先失陪了。"他一边说着一边行礼，然后退出了房间。

　　小小的办公室里没有人，也没有看到之前面试他的西山社长。英雄径直穿过空旷的办公室，在出口处看到了公司名：时光胶囊株式会社。

　　英雄的呼吸顿了一下，许许多多连自己都说不清道不明的复杂情感涌上心头。对英雄而言，新的人生即将开始。

　　重新开始吧！

时光胶囊株式会社

—— 来自十年前的信使

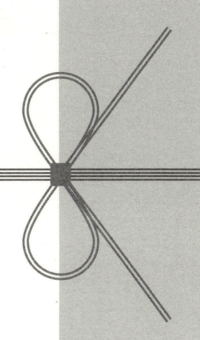

十年前から
やってきた
使者

虽然面试时英雄被告知工作时需要穿制服，但他其实并不知道是什么样的制服。他猜应该是大家先穿着自己的衣服去上班，然后到了公司再统一换上制服。

"当被问'你有什么想问的'时，其实你永远想不到自己最该问什么。"

英雄一边感叹道，一边从壁橱里选出了面试时穿的西服，他觉得还是穿这套去上班比较稳妥。

当英雄从新横滨车站出来时，太阳还没出来，外面一片漆黑。冬日的清晨一天比一天冷，英雄看到自己呼出的气都变成了白雾。来到位于办公楼十层的公司大门前时，他瞥了一眼手表。

"六点四十五分。"英雄喃喃自语道。果然，无论到了什么年纪，第一天来新公司上班还是会紧张。英雄万万没想到，自己四十五岁了还会有这样的一天。

英雄握住办公室的门把手，深深地吸了一口气。

"我现在是新员工。从现在开始，我就得过被年轻的家伙们指挥的日子了。要做好这个心理准备！"英雄在脑海中反复告诫自己，如果不做好心理准备，突然被比自己年龄小的上司指挥，会不自觉地将不满表露在脸上。英雄知道自己还没有习惯这种生活，毕竟自己之前是老板。

英雄做好了心理准备，以自认为的最佳姿势打开了公司的大门，同时大声地跟大家打招呼："早上好！"

这时太阳已经开始升起来了，办公室明亮得有些晃眼。清晨的阳光从东边的窗户照进来，整个办公室仿佛都被染成了橙色。在晨光中站着一位男子，但因为逆光，英雄看不清他的脸。英雄只看到他身材高挑，穿着一身纯白色西服，戴着一顶纯白色帽子，仿佛是从光里走出来的一般。英雄不由自主地咽了一下口水。

"早上好！"从声音可以推测，这位男子十分年轻。

"早上好！新井先生。"从另一个方向传来了女性的声音。英雄扭头去看，正是之前为自己量制服尺寸的若林丽子。她正微笑地看着英雄。

"啊！早上好！那个……"

丽子用左手指向背光而立的男子："这位是吉川。"

英雄重新看向那位男子。

"初次见面，我叫吉川海人。"名叫海人的男子用手轻点帽檐算是行礼了。

"初次见面，我是从今天开始在这里上班的新井英雄。"

"那么请您赶紧换制服吧。制服已经准备好了，我放在那边的屋子里了。"丽子对英雄说话的语气，已经从之前接待客人的语气转变成对公司同事说话的语气了。

"好。"

在丽子的催促下，英雄走进了之前面试的房间。屋子里悬挂着和吉川海人同款的白色西服，衣架最上面还挂着一顶白色的帽子。"我要穿这个吗？"英雄问。

丽子满面笑容地回答："Yes。"

房间门被关上后，英雄盯着眼前的白色西服看了一会儿，无奈地取下西服："算了，只能换了……"

换好西服后，英雄看着镜子中的自己，觉得这身衣服比想象中要合适很多："还不错。"就在英雄自言自语时，传来丽子的敲门声。

"换完了吗？你们马上就要出发了。"

英雄开门回到办公室里。

"很不错嘛，很适合您。"海人说道。

这次英雄终于看清了海人的长相。他的皮肤又白又嫩，是一位长相非常英俊的青年。

"是啊，太合适了！"丽子的话让英雄不由脸红。之前丽子为英雄量制服尺寸时，英雄一直收着腹，但现在制服的腰身尺寸却正好合适，看来丽子很明智地稍稍加大了尺寸。

丽子看向海人："现在我们来说一下今天的工作安排吧。"

"好。"海人笑着答道。

海人和丽子一起走到办公室中间的桌子旁："新井先生，请到这边来。我们要跟您说一下今天的工作安排。"

在海人的邀请下，英雄来到桌旁。

丽子将一摞文件和五封信放在桌上。文件看上去像是份清单，英雄还没有瞄到具体是什么，就被海人拿了过去。桌上只剩下笔迹像是孩子写的五封信。

"这次是来自二零零五年濑户内海①的一所中学的委托。这些是学生们在毕业典礼时写给十年后的自己的信。"丽子一边看着另一份资料，一边说道。

"他们到现在差不多得有二十多岁了吧……"海人说道。

丽子打断了海人的话，继续说道："当时一共有二十三名学生给自己写了信。有些我们已经按照学生们当时所留的住址寄过去了，有些是在我们询问了他们还住在预留住址的亲戚后，寄往他们现在的住址了。二十三名学生中有十九名已经签收了，现在还剩四名学生和当时的一位临时代课老师没有

---

① 濑户内海，位于日本本州、四国之间，因在诸海峡之内，故名。濑户内海包括淡路、小豆、江田等525座大小岛屿。此处指海内的其中一座小岛。——译者注

收到。”

海人看着手里的清单，喃喃自语般说道：“有五个人？”

“这次确实有点儿多。”

英雄此刻就像在看网球比赛一般，他的目光不停地在海人和丽子的脸上流转。

海人翻开清单，表情突然笼罩上了一层薄雾：“芹泽将志……”

“这是工作！请你们在两周内完成。”丽子打断了海人的话，鞠躬行礼后背向他们。

海人脸色苍白地盯着清单看了一会儿，然后叹了一口气，紧接着表情舒缓了下来：“丽子，你多少也听听我的抱怨嘛。”海人一边说着，一边将资料和五封信都放入了铝制的箱子中：“我们走吧，新井先生。”

“好，好的。”其实英雄还不是很明白，但他也只能先追上已经走向大门的海人。在大门快要关上时，英雄回头看到丽子在向他们挥手。英雄觉得她好像是在对他们微笑，但因为逆着光，其实他根本看不清她的表情。

“我们走了。”英雄小声说道，他小心地关上了大门，向正在等电梯的海人跑去，“让您久等了。”

两人上了电梯后，海人突然问英雄：“新井先生，您是了解过我们公司之后才决定来面试的吗？”

“我只读了公司的介绍说明，没有详细了解过。其实来面试时我也是稀里糊涂的，还没有等我问明白就已经被录取了。"

海人笑了一下："您稀里糊涂的就来上班了？是不是因为觉得工资还不错？"

英雄脸红了，他摇了摇头："不是不是，不是这个原因。其实是因为我这个年纪找工作，一般都会在面试时被拒绝，只有这家公司不限年纪和工作经验，也不需要什么资格证……"

"听说您是当场被录取的？"海人说道。

"是啊……我其实连工作内容是什么都不知道，然后现在就在这里了……"

"能被社长当场决定录取的人可不多啊。"

英雄有些吃惊："是这样吗？其实我也感到很惊讶，社长什么都没问我，当场就决定录取我了。"

"那您的简历上有写什么特别的工作经历或技能吗？"

"没有啊，都是些无聊的东西。"英雄回忆着自己的简历，他并不记得除了自己的工作经历外，还写过什么特别不寻常的东西。

随着"叮当"一声，电梯停在了地下三层。

"平时我们会坐电车去送信，但今天我们开车去。"海人一边说着话，一边按下车钥匙。随着"啾啾"两声回荡在空旷的停车场中，一辆黑色高级轿车的警报器灯闪了一下，显然这就是他们要开的车。

"这辆车也太高级了吧！"英雄老实地说出了自己的想法。

这辆车与一般印有公司标志的白色专用车完全不同。

"这是社长的意思。不管是这身打扮还是这辆车，都代表了公司的形象，十分重要。"海人大步走向驾驶座，英雄则小步跟在他后面，坐进了副驾驶座。不一会儿，车子顺着螺旋斜坡从车库开到了地面上。这时太阳已经完全升起来了，冬日阳光明媚，天空万里无云。

"刚好现在有时间，我跟您介绍一下我们公司的业务吧。"

"啊，好。您这真是帮了我大忙了。"

海人笑了起来："新井先生，不要这样。如果单从年纪来看，您算是我的前辈了，不用对我用敬语①，照平常一样说话就好了。"

"话不能这么说。在公司里您是我的上司，我对您应该使用敬语。"英雄还是有自己是新员工的觉悟的，所以没敢真按海人说的来。

海人摇了摇头："随您吧。不过请您一定不要叫我'吉川先生'，就叫我'海人君②'就行。其他的就按现在的来吧。"

"称呼上司'君'，这不太好吧。我还是称呼您'吉川先生'吧。"

---

① 日语里，对长辈、前辈、上级或关系生疏的人一般使用敬语，对关系较好的平辈或同级、晚辈或下级一般使用简语。——译者注
② 日语里，男性称呼男性时，一般称呼前辈或上级用"先生"，称呼平辈或同级、晚辈或下级用"君"。海人对英雄的称呼一直使用的是"先生"。——译者注

"那我可不愿意！这样吧，您就称我为'组长'吧，本来我的职位就是组长。"

"明白了。那以后我就称您为'组长'。"英雄回答道。

海人咯咯笑着："新井先生，您可真是个有趣的人。"

"还是第一次有人这么说我。"英雄苦笑道。

可能是因为正开着车，海人似乎已经忘记了本来要说的话题。

"组长，您能和我说一说我们公司的具体业务吗？"

海人瞥了英雄一眼："果然我还是不喜欢这种说话方式。"

不过他们只能互相习惯了。

海人耸了耸肩："简单来说，时光胶囊株式会社的主要工作是负责保管和交付信件等物品。信可能是顾客写给十年后的自己的，也可能是写给二十年后的儿子的。不管怎样，我们的工作就是长期保管顾客委托的信件，然后在指定时间将信交给收信人。"

"也就是说，公司负责管理时光胶囊？"

"可以这么说。"

"我好像有些明白了。"

海人瞄了一眼英雄："您现在一定在想，'现在还会有人用这种东西吗？'是吧？"

英雄吃惊地看向眼前的年轻人。自己的所思所想并没有表露在脸上，可他却猜到了！

"其实有很多幼儿园和小学，都会让孩子们给二十岁的自己写信，然后贴上邮票保管起来，多年后再寄出。不过那样做会导致有一些人收不到信。"

"确实。"英雄看着海人的侧脸。

"那样的话，信就会被邮局退回给学校。不过即使信被退回了，学校也没有其他办法。"

"学校会扔掉这些被退回的信吗？"

"不知道。也许会继续在学校存放几年，不过之后会怎么处理就不清楚了。"

"是啊。"英雄一边听着海人的解释，一边不时看向外面的风景，试图自己来判断目的地。车正从新横滨开往环状二号线的潟子方向，此时新干线在他们左侧平行运行着。英雄有些好奇他们到底要去哪里。

"我们的工作是将信交到所有收信人手中。"

"所有收信人？"

"当然也有例外。"

"什么情况算是例外？"

"比如收信人去世了。"

"啊……原来如此。"

"如果遇到那样的情况，我们一般会将信交给对收信人而言重要的人。"

"这种运营方式能赚到钱吗？"

"其实和保险是一样的逻辑。"

"保险？"

"假设一个六岁的孩子在幼儿园给十岁的自己写了一封信。他只需要把地址事先写在信封上，再把信放进信封里，然后把八十二日元的邮票贴在信封上，最后交给幼儿园保管。只要幼儿园四年后不忘记这件事，把信寄出去就行了，但是用这种方法，确实会出现有些人收不到信的情况。这时，只要再多交五百日元，我们就会负责信件的保管、投递和配送。当然，大部分信还是会用邮寄的方式被投递出去，成本不超过一百日元，但有些信会被邮局退回来。之后，我们会去调查那些被退回来的信的收信人现在的住址，并负责把信送到收件人手中。我们的价格确实比普通的邮寄费要高，不过谁都有可能搬家，所以高出的费用其实是用来保证即使收信人搬家也能收到信件的保证金。"

"哦……"

"顾客越多，价格就越低。当然，价格会根据委托人的年龄和委托保管的时间而异。请您打开副驾驶座的储物盒。"

英雄按照海人说的，打开了副驾驶座的储物盒，从里面拿出了一份 B5 纸张大小的文件。

"这是我们公司的传单。您看到上面的二维码了吗？请用手机扫一下。"

英雄从口袋里掏出手机，扫了一下传单上的二维码，登上了时光胶囊株式会社的主页。

"请打开主页的'使用'，在那里您需要选择是团体还是个人。然后，依次填写需要委托保管的物品、委托人的年龄、委托保管的时间，以及收信人的姓名。都填完后您就能知道总共需要多少钱了。"

英雄试着填入了"团体""信件""十二岁""八年""新井英雄"，然后他看了看价格。

"一千五百日元！"

"有人觉得贵，有人觉得便宜，因人而异。"

"如果只看我们公司的主页，感觉和快递公司差不多。"

"实际上我们也算是快递公司，不过比快递公司价格贵。其实保管信件基本不需要什么成本，但如果收信人不再住在当初预留的地址了，我们就需要调查他们现在的住址。一旦这样的收信人多了，我们的成本就会上升。"

"确实是这样。"英雄回答着，但他的视线却没有离开手机，他试着改了一下委托信息。

"其实大多数人预留的地址都不会变动，所以大家其实都在为那小部分地址有变动的人平摊费用。当然，他们自己也有可能是那小部分人中的一个。"

英雄一边听着海人的话，一边看着手机屏幕上的数字。

"我只是变换了一下委托信息，就变成三千五百日元了！"

海人点了点头："当然，委托保管的时间越长，搬家的可能性就越大，所以价格就会越高。此外，真正需要信的，往往就是不再住在预留地址的那些人。从这个意义上来说，我们的业务和保险的原理比较相似。不过，由于最近委托数量有所增加，所以我觉得我们的价格可以再便宜一些。"

"我们公司能赚到钱吗？"

"我们最初是向学校和教育机构销售设备的公司，因此和学校有很多联系。为了方便管理商品，我们还有一个仓库。后来我们开始提供送信这项服务，没想到受到了很多好评，于是就有了我们部门。为此，我们又不得不成立了一个新的调查组，但总体而言，我们应该是在盈利的。"

"原来如此。"

"就是那时候，社长把公司的名字改成了'时光胶囊株式会社'。不过现在，我们还是以给学校保管物品为主要工作。"

"那我和组长所属的组是……"

"叫'特配'。全称是'特别配送困难者对策组'，简称'特配'。"

"特配？"

"对。在您来之前，组里只有我和若林两个人，组长是我。"

从"特别配送困难者对策组"这个名字中，英雄不难想象出这个组是做什么的，但他还是想从海人口中听到确切的信息，所以问道："那'特配'是做什么业务的？"

"就如您所想的那样，我们的工作就是找到那些无法收到信的人，然后把信亲自交给他们。面试的时候，社长应该问过您是否可以接受出差的事情了吧？"

"没有……不过我单身，在哪里工作都行。而且关于出差这件事，招聘信息里确实也写了。"

海人点了点头："一般情况下，顾客早就忘记自己还有这样一封信了，所以，为了给他们留下戏剧性的好印象，我们才要穿成这样，并出现在这样的车里。"

"这算是一种企业形象吗？"

"是啊。反正都要亲自交给对方，不如打扮得酷一些。这样也能为我们公司做宣传，吸引更多的顾客。"海人笑了笑，"所以，在接下来的两周内，我们必须亲自送达这五封信。我感觉从今天开始的这两周，我们应该是不能回家了。"

英雄睁大眼睛："这个工作这么辛苦吗？"

海人不置可否地笑了笑："您很快就会习惯的。调查组会事先调查那些无法收到信的人现在住在哪里，如果找到了，调查组会进行二次投递，如果无法二次投递，就会让我自己……啊不，从今天开始，是让我们两人一起将信交到收信人手中。"

这时候，车子从环状二号线向右拐，进入了保土谷路。

"无法二次投递是什么情况？"

"这些人的情况都各有不同，不过，我们只要按照调查组的指令，按顺序将信送达即可。这就是我们的工作。"

"那我们有休息日吗？"

"如果我们提前完成了任务，剩下的时间就都可以休息了。从我们将最后一封信交给收信人后，到下下周一，也就是到公司上班前的这段时间，我们做什么都可以。"

"也就是说，如果今天一天就将信都送到了，那么剩下十三天都可以休息了？"

"是的，如果能做到的话，而且工资照付。"

"这样啊。"英雄觉得自己大致了解这家公司的运营方式了。英雄望向路标，直行路标上写着"东京"。"我们要去东京？"

海人摇了摇头。英雄内心涌起了不好的预感。

"大阪。"海人说完，踩下了油门。

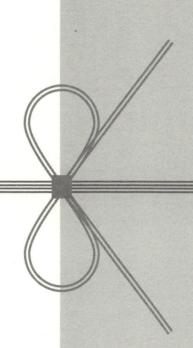

島明日香 ╲ 大阪・心斎橋

十年前からやってきた、使者

"明日香，你今天去打工吗？"山村惠利一边手忙脚乱地套着西服外套，一边问道。

"嗯？不去啊。"岛明日香穿着惠利的灰色运动服，躺在双人沙发上玩着手机。她的头枕在沙发一侧的扶手上，腿架在另一侧。

"如果有快递到了，帮我收一下？反正你也不出门。"

"嗯……好。"明日香的注意力集中在手机游戏上，头也不抬地回答。

"那我走啦。"

明日香依然横躺在沙发上，趁着游戏一局结束的间隙，她抬头看向玄关："路上小心。"

惠利一边穿皮鞋一边打开玄关的大门。她身上香水的残香伴着十二月干燥的冷风，一起吹向了明日香。

　　明日香被冷风刺得不由自主地缩了缩脖子。大门关上后，她才又舒展了身子，准备新开一局游戏。就在这时，她的手机振了一下，来短信了。明日香切换出游戏界面，短信是打工店里的后辈鲇美发来的："明日香前辈，不好意思，今天能跟您换一下班吗？"

　　明日香用惯用手迅速回复："怎么了？"

　　鲇美很快回复了："其实，我昨天来东京迪士尼乐园玩……然后男朋友为了给我一个惊喜，预订了宾馆……"

　　原来如此。明日香已经预感到她要说什么了，不过依旧接着问道："然后呢？"

　　"我本想昨天回去的，不过我现在还在迪士尼，大概今天一天都……"

　　现在这个时间还在东京，那她今天就不可能赶回大阪了。看来不管明日香答不答应替她，鲇美都没想回来上班。

　　明日香叹了口气，没做停顿就回了信息："我替你吧。"

　　短信发送后，她立刻收到了鲇美一大段夸张的感谢，随后还发过来很多迪士尼的纪念图章照片。明日香没有看，直接切换回游戏界面，按下"开始"键，进入了不用思考的时间。之前的事、之后的事、许多担心的事，在这一刻都被她抛诸脑后。正打着游戏，明日香的手机再次振了起来。

　　"又来了！"明日香停下游戏。

　　这次是其他同事："明日香，你又替鲇美的班？"

明日香回复："嗯，反正我也有空。"

"她也太过分了！你还是跟她直说吧。"对方的言语有些尖锐。

一起打工的同事基本都是大学生，只有明日香稍微年长一些。正因为如此，他们平日里都会向明日香求助。她觉得如果和其他学生们一样责备鲇美，会显得自己不太成熟，所以不怎么说太刻薄的话。

时间不知不觉过去了，明日香像往常一样无所事事。游戏告一段落后，她看了一眼表，已经十一点了。明日香将运动裤换成了牛仔裤，起身来到附近的便利店买"早饭"。她上身还穿着运动服，只在外面加了一件外套，睡得炸毛的头发也被她用帽子压住了。她基本不怎么关心自己的外表，只想着每天怎么糊弄过去。

外面晴空万里，空气虽冷却无风，冬日的暖阳令人心情大好。

"什么时候我的心情也能像这天气一样就好了。"明日香叹了口气，抬头看向冬日的蓝天。

惠利回来时，看到便利店的袋子一下就生气了。她倒不是因为房屋脏乱而生气，而是不满明日香又不好好照顾自己。"有时间就自己做饭吧。这样太浪费钱了。"

明日香知道惠利是在担心自己，所以苦笑着道了声歉，但她确实没有心情做饭，所以才又去便利店解决吃饭的问题。结果却像往常一样，她还是买了太多的零食和甜点。

回到房间，明日香脱掉牛仔裤，立刻换回了运动裤。还是运动裤更舒服些。她打开电视，撕开了刚买回来的三明治的包装袋，边吃边看起电视剧的回放。这电视剧也说不上特别有趣，只是她每天都看习惯了，不知不觉就到了打工时间，和平时没什么区别。最近她一直都过着这样的生活。当然，明日香也知道这样下去不行，但是，她还没有勇气面对现在的自己和自己的未来。就像小孩子拖延必须要写的作业一样，明日香在用手机游戏和电视剧逃避思考当下和未来。

"是这里吧？"海人停下车。英雄看了一眼车上的时间，刚过下午五点。

除了在牧之原休息站加油并买了一些东西外，海人从新横滨一直开过来，中途就没停过车。不过因为途中遇到了几次堵车，所以他们到这里用的时间比预计的长。不过，海人倒不觉得疲惫，他向英雄爽朗一笑。英雄倒是挺想下车活动一下，但是他一直坐在副驾驶座上，也不好有太多要求，所以一直忍着。

"我们下车去看看？"

"好。"

虽说已经从御堂筋进了岔道，但路上行人依旧很多。从黑色的高级轿车上下来两个全身包裹在白色西服中的男人，十分引人注目。人们先是看他俩一眼，然后有装作不看却偷瞄的，有跟身边的人窃窃私语的，还有从他们身后用手机偷拍的，总之反应各异。

英雄不喜欢被人盯着看，所以有些不自在，他尴尬地站在海人旁边。而海人显然已经非常习惯这样的目光了，他丝毫不觉得难为情，还像往常一样冷静。

"要先从适应这样的时刻开始啊。"英雄喃喃自语。想要胜任这份工作，自己也要和海人一样，拥有强大的精神力才行。

此时，海人被马路另一侧的咖啡店中的情景所吸引。英雄顺着海人的视线，看到了一位女服务员。

"她就是岛明日香女士，我们的第一位收信人。"海人目不转睛地盯着店内的女服务员说道。

天色渐晚，他们从外面可以看清明亮的店内的一切，不过从咖啡店里却看不见外面打扮独特的英雄和海人。

"我们现在就把信给她吗？"

"除非万不得已，否则我们一般不能在收信人工作时打扰他们。我们在车里等她下班就行。"

"明白。"英雄坐进了副驾驶座。海人也坐进驾驶座。

"不知道她住在哪儿吗？"

"好像她最近几个月都在几个朋友家轮流借宿。虽然调查组也给了我们她朋友家的地址，但她总是搬来搬去，没有一个固定的住所。不过，不管她住哪里，都会来这个咖啡店打工，近几个月都没有变过，所以来这里遇到她的概率更大。资料里是这么写的。"

"原来如此。因为收信人借住在朋友家，所以没有固定的地址，导致信件不能送达。"英雄点了点头。"特别配送困难者"到底意味着什么，他终于有点儿理解了。

"她中学时和母亲同住。不过，她母亲几年前病故了，原来的房子也住了其他人，那房子本来也是她们租的。之后，她在大阪租了一间房子独自生活，中间还搬到尼崎与人同居过……半年前，她退了租，然后就开始在几个朋友家轮流借宿。"海人一边看着资料一边给英雄转述。

"调查得好详细啊！"

"确实。调查组的资料每次都让我很吃惊。"海人合上资料。

英雄若有所思地望向店里的明日香："她平时几点下班，组长您知道吗？"

"不知道。"海人目不转睛地望着店内，"等待也是我们的一项重要工作。"

"感觉我们有点儿像警察或侦探。"英雄的目光越过海人，同样看向店内。

"警察和侦探可不会穿得这么显眼。"海人笑道。

英雄看了看后视镜中的自己："确实……"

"嗯？"海人没有听清英雄的喃喃自语。

"没什么。等她下班，我们就立刻把信给她吗？"

"谁知道呢，看情况吧。我们要在最合适的时间把信给她。"

"最合适的时间是……"

"直觉。"海人打断了英雄的提问，"关于交信，我们要遵守几个基本规则。比如，尽量避免在工作时间给，尽量在收信人一个人的时候给。像我们这样穿着一身白色西服的人，如果在半夜突然跑去搭话，尤其当对方是女性时，一定会让对方感到恐惧。如果时机把握不好，我们搞不好还会被人误认为是要搭讪。所以，尽可能挑对方方便接信的时间给。"

"原来如此……"英雄并不擅长"直觉"。如果有明确的规则，那么遵守规则或者按照被告知的工作要求去做是很简单的。不过，基本规则如果是要见机行事、寻找合适的时机，说白了就是要靠经验。没有经验的英雄根本没有"直觉"这种东西。这工作规则对他并不友好，但英雄也只能去适应。

可能是察觉到了英雄的困惑，海人转向英雄说道："没关系，这两周时间里您总会明白一些的。"

"好……"英雄毫无信心地回答，勉强挤出了一个微笑。

"我们一起盯着也没用，轮流休息一下吧。"

"好。"

海人看了一下表："那就先睡一个小时？"

"组长，您一直在开车，一定累了。您先睡吧。"

海人笑了一下："那我就恭敬不如从命了。"说完，海人就将座椅向后放倒。"一个小时后请把我叫醒。"

"明白。"听到英雄的回答，海人用帽子盖住了脸。

英雄一边向店内观望着，一边等明日香下班。看着在店中忙碌着、微笑着的明日香的身影，他不禁在想她为什么会过这样的人生——单亲家庭，母亲离世，独自生活后又与人同居，现在辗转借宿在朋友家。应该是和同居的男友分手了吧。她现在又是怎样的心情？其实这些他本来没必要去考虑，但是他还是想了。可能是他年纪大了的缘故，也可能是因为明日香和他相似的地方触动了他。

等他看到明日香和同事们一一打招呼准备下班时，已经过去了很久，车中的电子表显示为"21:05"。

"组长，岛明日香女士好像下班了。"英雄摇醒了海人。

海人将座椅慢慢抬起，然后整了整帽子："几点了？"

"九点零五分了。"

海人微微皱了下眉："这样不行哦。说好的一个小时交换，就一定要严格按照一个小时叫醒我。"

"啊，对不起。我看您睡得很香，觉得不应该打扰。而且您一直在开车，我也想让您多休息一下。"

"您有这份心意我很高兴，不过，该休息时就必须休息，否则接下来我们会很难熬。如果您不改掉这种自以为是的热心，总有一天会出差错的！"

"那个，我确实睡不着……"

海人扭头看了一下店里的情况，确定明日香还没有出来，他打断了英雄的话："您这就是'邻三尺'。"

"邻三尺？"英雄第一次听说。

"在家门口打扫或除雪时，不要只清扫到自己和邻居家的交界处，要多清扫出三尺的距离，但是热心的人不要说三尺，他可能会把左邻右舍的地方都扫了。如果一个人这样做了，会怎么样呢？"

"邻居会很高兴吧。不是吗？"

"当然，邻居会很高兴，还会表示感谢，但是下次扫除时，邻居就不得不把自己家和他家都扫了。不是吗？"

"……确实。"

"今天您让我多睡了一会儿，下次我也会不好意思准时把您叫醒。然后我们的这种相处方式会不断升级，即使自己不高兴也得忍受对方。这样下去，一定会有一方出差错的！即使运气比较好，没有出差错，但长时间这样下去，我们也没办法算清楚到底欠了对方几个小时，最后就变成我们只能对很多人妥协，人际关系可能也会因此变差。所以，既然我们约好了一个小时，您就要遵守时间，这样事情会更简单一些。"

"原来如此，对不起……"英雄很诚恳地道歉，"我没有想那么多，只是想让您高兴……"

"我知道。"海人微笑道，"想让别人高兴是很难的事情。我也经常想让人高兴，结果却总是事与愿违。所以我觉得，虽然您这样对我，我很高兴，但还是要和您说清楚。"

英雄被海人的微笑感染，也跟着笑了起来。

"对了，您知道三尺是多长吗？"

"大概九十厘米吧。"

海人点点头反问道："是吗？"

"组长您不知道吗？"

"嗯？怎么可能，我当然知道啊。"

事实上，当不确定是不是这样时，假装不知道最能有效缓解现场的紧张气氛。坐在副驾驶座上的英雄用钦佩的目光注视着海人。

明日香换下工作服后，从店内的员工专用通道出来，又特地绕回到店铺正门并进入店中。

"让你久等了。"

听到声音的铃原京子看到是明日香，急忙拿起桌上的冰咖啡，猛吸了几口，将咖啡喝到见底，然后她拿着小票站了起来："下班了？"

明日香点了点头："本来今天就是替同事的班，待到最后也没什么事……"

京子把小票递向收银台。

"我来吧。"

　　京子抬手打断了明日香的话："你现在是借宿，不用勉强。不要看我这样，我可是很能赚钱的。"京子咧嘴一笑。

　　明日香不知道她说的"不要看我这样"的意思是怎么样。不过从她穿的衣服、戴的配饰，再到她的妆容，明日香怎么看都觉得她只是很能赚钱而已。

　　结完账，京子先明日香一步出了咖啡店。

　　"辛苦了。"向站在收银台的领班打完招呼，明日香急忙出去追京子。

　　过去两人常去的酒吧今天也挤满了年轻的上班族。不过京子似乎已经提前预订好了座位，她们被服务生带到了仅剩的一张靠窗的空桌位旁边。

　　"对不起，临时把你叫出来了。"京子一坐下就说道。

　　明日香摇了摇头："反正我也有空。"

　　餐桌旁的男服务生是位清爽型帅哥，因此京子点菜的声音和表情明显与平时的她不一样。

　　"明白了。"点完菜，男服务生回答道。

　　男服务生走后，京子的声音一下又恢复到了原来的样子："明日香，这个工作你干多久了？"话还没说完，京子就点了一根烟，吸了一口后吐出一口烟雾。

　　"有半年了。"

　　"这样啊。也就是说，你和拓也分开后就开始做了？"

　　"嗯？嗯……差不多吧。"明日香将目光移向窗外。

京子是明日香之前打工时认识的朋友，跟谁说话都是一副自来熟的样子，她天生就是能成为人群中心的那种人，所有消息都会汇集到她那里。似乎每个班里都会有这么一号人物。

当时，也是京子坚持说要见见明日香的前男友拓也，所以明日香才带着拓也和京子，以及她带来的男人四个人一起吃了饭。那之后拓也就成了京子的"朋友"，她的手机里也有了拓也的联系方式。

现在京子应该在和拓也交往吧？

明日香和拓也分开后的这半年，再也没有和他见过面，也没打电话或发短信联系过，拓也的联系方式也被她删了。

"为什么？为什么？见也没事啊。"虽然她们离得很近，但京子的声音大到酒吧的任何角落都能听到。

明日香下意识地压低声音说："我就是不想见。"

"你太小心眼了。我和之前交往过的所有男朋友现在都成了朋友，平时也会打电话、发短信联系，在你看来可能不可思议吧。所以，你和拓也分手后就再没见过？"

明日香点了点头。和京子时隔许久的再次相见，让明日香又一次感觉被刺痛了。

她果然和京子合不来，是在一起相处不舒服的类型。然而以前，明日香身边就一直有像京子这样的朋友，她们很强势，总是按照自己的节奏说话，从不考虑明日香的感受和立场。对于这类人来说，也许身边总会有像明日香这样很容易相处的朋友。

明日香总是无法拒绝京子的邀请和请求。像京子这样的人可能很清楚怎么跟明日香说话才不会被拒绝。今天也一样，明日香无法拒绝她的邀请，尽管她从一开始就知道会是现在的感觉。

"你想知道拓也最近在做什么吗？"

明日香其实并不想知道。京子特地想要告诉她前男友的情况，不知是她的善意还是想膈应她："不太想知道。我们已经没有关系了，你也不用告诉我。"

"真的？我觉得你听完会震惊的。"

没有什么比听了会震惊更坏的消息了，明日香一点儿也不想被震惊。

不管怎么说，对明日香而言肯定不会是什么好消息。不过，明日香并没有将情绪表露在脸上，她拼命想让自己显得不那么在意。

"不过，你们为什么会分手？我以为你们一定会结婚的。"

明日香内心对着京子笑嘻嘻的脸生起气来，不过脸上却露出了笑容。总是表现出和自己的心意相反的态度，这是她最讨厌自己的地方。

"好了，不要再说这个话题了。"明日香一边转移话题，一边笑着说道。

恰好刚才的服务生端来了酒水。明日香为了转移话题，举杯对京子说:"首先……"

"干杯!"京子说着,用她的杯子碰了一下明日香的杯子,"不过分手了也没什么,你还是快点找下一个吧。你都二十五岁了!"

"你也是二十五岁吧。"

"我不一样,我算有男朋友了吧。"

这句话的意思是:对方可能不认为京子是自己的"女朋友"。明日香喝了一口饮料。她觉得京子的男友们都是那种形象很好但不太诚恳,也不太把京子当回事的人。

"你想得怎么样了?"

"嗯?什么?"

京子夸张地摊着双手,耸了耸肩:"什么什么啊?你知道的吧!"

明日香当然知道。京子给她介绍了一份工作,想听她的答复。在她和拓也分手后,京子就不断邀请她去做那份工作。差不多也得给她一个答复了。

"工作的事情,工!作!"

"啊,那件事啊……"

虽然明日香不喜欢那份工作,但她也没有勇气直接拒绝掉。她总是这样,虽然之前也做过很多抵抗,但最后还是会认命。"如果可以躲过这个话题就好了。"明日香在心里叹了口气。

"你不能总像高中生一样打工啊。现在借住在别人那里虽然也没事……你现在和谁住在一起？”

“职高时候的朋友……”

“就是那个给人化妆的朋友吗？”

“她在百货商店一楼卖化妆品。”

“男朋友呢？”

“现在没有……”

“这很难说。就算她现在还没有男朋友，以后如果有了，你马上就会被赶出去的，到那时你就没地方可去了。所以在那之前，你应该采取行动。”

“嗯……我知道。”

“之前跟你提到的工作，其实也不错。我也跟你说了，我现在工作的店正在招女孩子，我们确实人手不够。我跟店长提起过你后，他就一直让我带你去看看。我们店的工作很轻松，而且工资非常高。你就别犹豫了！”

明日香没有说话，而京子还在继续：“没关系。我们店没有那么奇怪的竞争和排名制度，就只是陪客人喝喝酒、聊聊天，就只是这样就能赚很多钱啊！你有一次不是也说了吗，一开始就埋头苦干太傻了。客人们有时还会送我这样的礼物。”

京子晃着手腕上亮闪闪的手表让明日香看。手表看起来确实很贵，但明日香一点儿兴趣都没有。京子继续说道：“之前在我们店工作的女孩子辞职后，用赚来的钱在大阪开了一家美甲沙龙。反正你现在也没有什么特别想做的事情，我觉得这个工作对你来说是最好的过渡。如果以后你发现有想做的事情也可以辞职，不会有什么烦恼的。"

明日香还是没有回答，她用手指不停擦着酒杯周围的水珠。

京子叹了一口气，直视着明日香的眼睛问道："难道是因为你害怕？"

"那倒不是……"明日香目光躲闪着否定道。

"那是为什么？你又不讨厌喝酒。"

"不是和谁喝酒都开心的……和讨厌的客人一起喝酒还要装出开心的样子，我觉得我做不到。肯定会遇到变态的客人的。"

京子点燃了第二根烟："当然有……不过没关系，为了赚钱可以忍啦，再说你现在打工的地方肯定也有那种客人啊。"

明日香没有说话，只是拿起了酒杯。

"难道你想一直在那种地方打工，一直为那些十几岁的孩子善后吗？"

"也不是……"

"那你有什么想要做的事情吗？"

明日香沉默着，再次用手指擦着酒杯上的水珠。

明日香当然知道自己现在这样是不行的。摆在自己面前的事实就是：自己现在的收入都不能养活自己。就像京子说的那样，总不能一直这样借住在别人家里，光靠现在这份工作想要独立生存确实不行，要找一份收入高一些的、被公司长期聘用的那种工作才行。话虽如此，但愿意长期聘用自己的公司并不那么好找，即使运气不错找到了，收入也不能和京子介绍的工作比。

光从收入方面来说，明日香也知道顺势接受京子的邀请是当下最好的选择，但是无论如何她都无法迈出这一步。其中一个原因就是她不愿意和京子共事，但即使拒绝了京子的邀请，去其他店工作也会碰到京子这种人。明日香实在没有自信能在一群像京子这样的人中保持自我。然而，最关键的原因是，明日香讨厌醉酒的男性。一想到这份工作，明日香就觉得窒息。她自己也不明白为什么，可能是跟她父亲有关吧。

小学四年级时，明日香的父母就离婚了。明日香如今对父亲的记忆就只有他整日酗酒、发脾气的画面。在昏暗的屋子里，伴随着父亲的怒吼和母亲的哭喊声，明日香蒙着被子度过了一个又一个不眠之夜。即使长大成人后，明日香依旧无法忘记被子里的黑暗，导致她后来不开着灯就睡不着。

"不喝酒时，你爸爸也很好。"这是母亲最常说的话。

到了自己能喝酒的年纪，明日香才发现自己其实很喜欢喝酒，不过她会尽量避免和男性一起喝。

京子推荐的工作确实不是明日香想做的，但是，她现在也没有可以依靠的人，如果想要一个人生存，这些难道不是应该忍受的吗？

"为了生存吗……"明日香的内心动摇了。

也许是察觉到明日香的动摇，京子下了最后通牒："我先说好，不管是我还是我们店长都不可能等你太久。无论你做不做，今天都要给我一个答复。"

"我知道了。我现在正在调整心态，再给我一些时间考虑吧。"明日香苦笑着点了点头。

这时京子的电话响了："是我男朋友。你稍等一下，好好考虑啊。"京子一边说着，一边站起身去接电话："辛苦啦！现在？我现在……和之前打工的朋友在一起。对……对，嗯……可能吧。"京子一边说着一边离开座位向店外走去。

通过京子和男朋友的对话，明日香觉得京子口中的这位男朋友，可能就是她提到的店长。果然，他和京子不是认真的。

不过现在不是考虑这个的时候。明日香知道自己必须从现在的生活中挣脱出来，迈出新的一步。有时，为了能养活自己，人是不是要随波逐流才好？也许就像京子说的，在找到自己想做的事情之前，先接受这份工作会比较好，但是，明日香确实十分讨厌这份工作。如果她勉强接受了这份工作，会不会在不断忍受中慢慢习惯，最后变得不像自己了？

明日香感觉自己此刻脑子里一团乱麻，实际上已经无法思考了。无论怎么想，都没有什么进展，不知该怎么办才好。以明日香对自己的了解，这样下去最后自己还是会因为形势所迫而答应，不过就是时间问题罢了。自己一直是这样，因为不耐烦所以总是放弃思考，最后随波逐流。自己难道就只能这样了吗?

"跟之前的自己做个了断吧!"明日香一口气喝干了剩下的酒,将杯子放在桌上。

这时,她突然注意到桌子右侧有人。明日香转过头,看到一位全身穿着白色西服、个子很高的年轻男子站在那里,离他不远处还站着另一位同样打扮的中年男子。两人都在很明显地冲着她微笑。

"请问您是岛明日香女士吗?"

被对方直接点名的明日香惊讶得屏住了呼吸。不过因为年轻男子笑得很随和,让她放下了警惕心:"是,是我。"

"我是……"年轻男子拿出名片递给明日香。

"时光胶囊株式会社的吉川海人先生?"

"是的。"

"请问,找我有什么事吗?"

"十年前,您给现在的自己写过一封信。我们就是来把信交给您的。"

"啊?"明日香一时没能理解海人的话,惊愕得身体微向前倾。

"初三时,您的班主任森下裕树老师曾让班级里的学生们给十年后的自己写一封信,不知您还记得吗?"海人用温和的语气耐心地解释道,同时他将手中的铝制箱子放在桌上,从中取出一封信。"就是这封信。"

明日香赶紧接过信。她已经完全不记得这件事了。不过她初三的班主任确实是森下裕树老师，而且眼前这封信的信封上确实是十年前自己的笔迹。虽然信封上写的门牌号她已经记不清了，但是街道名确实是自己当初住了数年的地址，令她十分怀念。

海人从箱子里拿出了另一张纸："麻烦您签收一下。"海人贴心地将笔和纸一起递给她。钢笔在灯光下闪闪发光。

明日香拿过纸和笔签好字后还给了海人。

"那我们先告辞了。如果您之后有什么问题，可以按照这个名片上的联络方式联系我们。"海人说完，用手扶着帽子，郑重地对明日香鞠了一躬。稍远处站着的中年男子也和他动作同步地鞠了躬。

这是梦吗？明日香不可置信地呆坐在那里。当两个白衣人消失在店外后，明日香重新盯着自己手里的信。信确实存在，刚才不是梦，而且看起来，确实是自己在毕业典礼时写下的。明日香看了一眼窗外，已经看不到那两个白衣人了，只有京子还在打电话。

明日香拆开信，出现在眼前的是记忆中花哨的信纸。明日香以前经常和朋友用这种信纸通信，这让她涌起了几分怀念之情。信纸有好几页，都分别被叠成了心形，这是当时在中学生群体中流行的信纸叠法。

明日香用颤抖的手小心地拆开了叠好的信纸。

给变成大人的我：

　　你好呀，十年后的我！我是十年前的我。这称呼有点儿奇怪，是吧？

　　正在写这封信的我马上就要中学毕业了。啊，感觉我已经毕业了呢。

　　我之后会离开这座岛，去外面上高中。虽然内心有点儿忐忑不安，不过我还是非常开心、非常期待的，不知道未来等待我的是怎样的生活。

　　不过，现在读到这些的你，应该已经知道我的高中生活怎么样了吧。

　　接下来我想问，十年后的我过得幸福吗？

　　那时我已经二十五岁了吧。二十五岁的我在做什么工作，是不是已经结婚了？啊！！好难为情啊！

　　不过，我相信十年后的我，现在应该已经是一位知名的妆发师了吧。我是不是会给电视里的那些明星做妆发？我有没有和女明星成为朋友？一定都实现了，因为这是我决定要做到的事情！

　　我现在是不是已经很有名气了？能赚很多钱了吧？应该也已经能好好孝敬独自拉扯我长大的妈妈了

吧？还是说，十年后的我此刻正在培训？如果是在培训时读到这封信，那一定要加油啊！

现在的我很爱逃避，一有厌烦情绪就立刻想放弃，感觉有些对不住十年后的我。我一定深刻反省，会更努力去面对的！

我想成为一个能让别人愿意向我倾诉的人。抱歉，现在的我还很软弱，给十年后的我添了不少麻烦吧。不过！不过！成为大人的我，应该可以做一些我现在做不了的事了吧？成为大人的我是不是不再逃避，应该可以为梦想而拼命努力了吧？不过要成为那样的人，是不是我应该从现在就开始改变？我有点儿搞不明白。

不过，我相信森下老师说的话，一辈子都不会忘记。所以，十年后的我也请记住这句话吧。

"因为一定有只有明日香才能做到的事，所以你才会来到这个世界。"

如果不相信这句话，那我是不是就太可怜了？希望十年后的我，可以找到只有我才能做到的事，然后幸福地生活。即使还没有找到它，我希望十年后的我也能隐约知道，只有我才能做到的事是什么。

怎么样？未来的我，为了实现这个梦想，我现在需要做什么好呢？虽然这么问，我也知道你无法回答我……

总之，带着对十年后的我的感谢，我要在高中好好加油！不过，有一件事我很有自信，那就是十年后的我一定还喜欢着润一郎，我相信这份喜欢一定不会改变，我会永远永远喜欢他。

写了这么多，希望十年后的我能够过得幸福。

再见啦！

明日香

读完信，明日香泪流不止。她拼命忍住哽咽，起身冲进卫生间，一进去就反锁了隔间的门，然后拿出信又读了起来。中学时代的回忆不断地涌现在她脑海中。过去十年来，许多她以为早已忘记的事情全都历历在目。十年前的自己带着稚气的笔迹，像是送了自己一杯最好的酒，现在的她，真想紧紧拥抱写这封信时的自己。她甚至忘了擦掉眼泪，一边反复读着信，一边小声说道："对不起，对不起……"

明日香不断喃喃自语。她忘记了自己说过"一辈子都不会忘了森下老师的话"。自己纯粹的梦想、对未来的期望，她将这些全都忘记了！明日香感到既内疚又后悔，对还是孩子时的自己感到抱歉。

啪嗒、啪嗒、啪嗒，明日香一边哭泣一边道歉："对不起，妈妈也是因为我才……"

不要说孝敬母亲了，如今母亲都已经不在这个世界上了。明日香的母亲为了支付她职业学校的学费而拼命工作。没有人告诉她母亲离世是由于过度劳累，但明日香也从未怀疑过这个原因，也许是因为这是她直接造成的。在职业学校时，明日香是知道母亲的辛劳的，但是她也没有因此而努力学习。每当明日香想起为了自己拼命工作赚钱的母亲，也曾自责自己没有认真学习，也曾心疼过母亲，但是她那时在大阪生活，看着周围的朋友们在大阪快乐地释放青春，这种心疼也就渐渐麻木了。

母亲是因为强撑着工作才去世的。即使没有直接看到，明日香也明白，为了让女儿能够在大城市里生活，母亲需要怎样辛勤地工作，只要想一想就能想象得到，但是明日香却没有想过。她觉得自己真是个恶魔。虽然最后她从职业学校顺利毕业了，但是她在两年的学习中什么也没有学到，毕业后也没有找到理想的工作。想到这里，明日香就更加自责了，她越想越讨厌自己。

信里还提到了润一郎，明日香理解自己那时的心情。他是她当时正在交往的男友。虽说在交往，但也只是乡下中学生的恋爱，喜欢就告白，对方同意了就开始交往，仅此而已。说起来有些不好意思，那时所谓的交往，不过就是两人在走廊里相遇时躲闪彼此的目光罢了，毕竟也不能一起回家，可即使这样，只是因为两情相悦，他们就认为这是世界上最美好的事情了。到了上高中时，明日香和润一郎都离开了家乡的小岛，决定去不同的学校。因为这件事，她难受过、不安过，也畏惧过离别。然而在给十年后的自己的信中，她却提到了他。如果那时的自己没有信心，如果认为分开了就不会继续喜欢，是不会这样写下来的。自己当时一定认为可以一直喜欢润一郎的，但是……

明日香吸了吸鼻子："和润一郎是在高中一年级的夏天分手的。不过，我真的喜欢过他。"

明日香像是在安慰十五岁的自己。

"拜。"明日香小声道。这是她上中学时流行的再见用语。明日香将信叠回原来的样子，小心地放回到信封里。

在车里，海人和英雄观察着店里的情况。

"第一次送信，您感觉怎么样？"海人一边看着店内，一边问道。

"哦，我刚才太紧张了，结果只能站在那里。"

"一开始接到这样的工作，能做到您刚刚那样就不错了。"

"话说，您钢笔用的竟是万宝龙的梅斯特·斯图克149。"

"看来您对钢笔很了解啊！"

"谈不上了解，只是有一阵特意研究过。据说世界条约签署仪式一般都会用它。"

海人笑了一下："或许他们已经不记得自己曾写过那样一封信，但是，一身白衣的人不知突然从哪里冒了出来，一上来就用了极为高级的钢笔，也许就能让他们留下深刻印象，不会再忘记了。不过，我认为不会有人在意钢笔这样的小细节，但是社长说'我非常在意这一点，穿着如此高档的西服的人，掏出来的如果是用完就扔的圆珠笔，实在是格格不入'。我当时还不信会有人注意到这个细节。原来真的有这样的人，就在这里！"

海人说完放声笑了起来，不过很快车内就安静了下来。他还是更在意店里的情况，两个人一直在等去卫生间的明日香出来。

"她离开多久了？"英雄打破了沉默。

海人没有回答。

"话说，社长说过'特别配送困难者'其实更需要这封信，我现在有点儿理解是为什么了。"英雄继续说道。

海人望着窗外说道："'特别配送困难者'也分很多情况。像这次这位收信人这样，中学毕业时写了这封信，然后就离开了那座岛，之后一直没有回来，这样的收信人其实很多。不过一般情况下，原来的住址都还会住着亲人，这种情况就没什么问题。如果除了本人，连亲人也不在岛上了，那调查组就不得不调查了。不过像她这样亲人亡故，也没有可回的家，又没有可以依靠的亲戚的人其实不少。我一直在想，这封信至少会成为她未来的光……"海人表面上看着店里，侧脸却有些落寞，仿佛在看向远方。

"来了！"随着海人的声音，英雄望向店中。

海人露出笑容："好像没什么事了。"

英雄看了看海人："什么意思？"

"我们交出的信，对她而言应该是一封很重要的信。"

"您怎么知道？"

"直觉。"说完，海人立刻发动了车子，"我们走吧。"

"去哪儿？"

"东京。"

英雄困惑地问道："我们不在大阪住一晚吗？"

"其实，我们原本的计划是当日往返，因为这一趟已经花了不少时间了。您睡吧，我已经睡得很足了。"

"明白了，谢谢您！不过，像今天这样被围观、被笑话，然后不停地奔走，甚至都没有休息时间，这真是一份很刺激的工作。"

海人咯咯笑起来："确实。不过被嘲笑的只有您吧。"

英雄仔细回想了一下，确实如他所说，海人还真不是被嘲笑的对象。"果然，我还是和白色西服不太相称。"

"没有这回事，不过我也笑了。"

"为什么？"

"您内裤的颜色透出来了。"

英雄满脸涨得通红："您怎么不早说啊！"

"即使说了您也没时间换，所以我就没说。那个，我们要先去买个内裤吗？"

"好……"英雄无力地回答道。

明日香从洗手间回来就看到，已经打完电话的京子一个人坐在那里，一边玩手机一边喝着粉色的酒。看来，京子没有等她就点了新的酒。

"不好意思，让你久等了。"明日香微笑着说。

"你要再点些别的什么吗？"京子问道。

明日香摇了摇头："我不点了。"

"那接着说刚才的事儿，店长说想让你立刻过去……"

"那个事儿啊。"明日香提高了些声音，打断了京子的话，"我觉得那不是我想干的工作，所以我决定不去了。"明日香直视着京子果断拒绝了，她从未像现在这样对待过京子。

京子依旧微笑着，但身体不自觉地向后倾去："我知道呀，所以才说这只是在你找到想做的事情之前的过渡嘛，而且还能赚点儿钱……"

明日香摇了摇头："我想起了曾经的约定。"

"约定？"

　　明日香点了点头："我一直相信人要有一个梦想或目标，为了这个梦想要经历一段艰难的时期，不可能这么容易就实现了。所以每次我被问到'你有梦想吗'时就会十分困惑。初三时的班主任曾经告诉我'没有梦想也正常啊'。因为我一直认为自己必须有一个梦想，所以当听到老师这么说时，我吃惊地'啊？'了一声。然后老师微笑着说：'你这样的年纪，没有梦想是很正常的，所以别担心。'然后他告诉我，'没有梦想的人，就先努力做好当下的事情。即使没有梦想也没关系，试着让眼前的人微笑吧'。我很喜欢这句话，于是想要试着这样做，我想做一些力所能及的、能让周围人微笑的事情，但是当时我只会编头发。不过，我总是非常认真地为朋友们编头发，在这个过程中，我发现我很喜欢让女孩们变漂亮，然后我开始钻研不同发型搭配的妆容，后来这就成了我那时的梦想……"

　　"然后呢？"京子好像提不起兴趣，抚摸着酒杯问道。

　　"现在我终于明白了，想做的事情和梦想都不需要我们去寻找，我们只要努力做好当下的事情，自然而然就会有了想做的事情和梦想。老师想教给我的是这个道理。"

　　"那些过去的事和现在工作的事，有什么关系啊？"

　　"那时，我和自己做了个约定。从那以后，一定要对当下的事情全力以赴。我想起来了，当初和拓也在一起时也是，我辞掉了自己喜欢的工作，有些自暴自弃，不过因为可以和拓也一起生活，我觉得这样应该也不错。我忘了要对当下的事情全力以赴的约定，甚至到现在我还是一直在打破跟自己的约定。不过从现在开始，我想好好守约。"

"和中学老师的约定吗？"

明日香摇头："和自己的约定。"

京子对此嗤之以鼻："和曾经的自己的约定？要是被那种孩子气的东西束缚，不论经历什么都很难成长……"

"可能吧。"明日香强硬地打断了京子的话，"但比起现在的我，小时候的我更像样。"

京子叹了口气："这次拒绝了，以后再想来可就不行了啊。"

明日香坚定地点了点头。

看着明日香直视自己的目光，京子耸耸肩："开玩笑啦！那我先去打个电话。"

京子说着站起身，脸上带着些不可置信的神情，握着手机走了出去。

明日香望着在店外打电话的京子，又拿出了那封信。如果再读一遍，可能又会止不住流泪。明日香望着信封上的字，用指尖小心抚摸着。不知何时，她脸上露出了母亲抚摸孩子的头时才有的温柔神情，而她的内心此刻却如大海般汹涌澎湃。"谢谢！这一次我会认认真真地重新开始！"

车子开上了名神高速公路后，向东京的方向开去。被海人告知可以睡觉的英雄，此时却一点儿睡意都没有。他望向窗外，昏昏沉沉中想起了刚才见到的明日香。

"睡不着吗？"

"嗯，我在想事情。我有一个坏习惯，一旦开始思考，就会想很多。"

"那您刚才在想什么？"

"我在想刚才我们见到的岛明日香女士。"

海人看了英雄一眼，微微一笑："真是一位漂亮的姑娘。"

"嗯。"英雄没有否认，她确实是一位漂亮的姑娘。"但我没有想这个。"

"那您在想什么？"

"她收到那封信，读了信后就哭了起来。如果是我，应该会感到怀念、喜悦，甚至会把它展示给在场的朋友看，但她的反应却不是这样。正如您刚才说的，越是难以收到信的收信人，越需要这封来自过去的自己的信。现在我终于有这种体会了。从写那封信到现在，他们的人生应该经历了很多事吧。不再居住在以前的地方，而且即使想联系也找不到能联系到他们的人。他们的人生应该比别人经历的事要多得多。我只是觉得，希望她收到信后能感觉到幸福。"

海人微笑着望向前方，只是简单地回答了一句："是啊。"

车子开上新名神高速公路时已经是深夜了，周围的车比之前少了许多，旁边基本都是跑长途的大型卡车。在黑暗中，车灯照亮了向左转弯的立交桥。

突然，海人从兜里掏出手机："有短信。"

海人瞄了一眼就将手机交给了英雄。"好像是刚才的岛明日香女士发来的，您能读一下吗？"

"短信标题是：谢谢！"

英雄缓缓将内容读了出来：

"你们好，刚才谢谢你们。我是岛明日香。"

"现在还能收到十年前的信真令我惊讶。我现在没有固定住所，要找到我很难吧，但是，真的十分感谢！你们在最关键的时刻送来了这封信，让我想起了很重要的东西。之前，我的人生仿佛一切都出错了，既没有实现自己的梦想，也有些自暴自弃，总觉得'这就是我吧'。"

"现在，我知道是我将顺序搞反了。从自暴自弃开始，我什么都做不好。不管遇到什么情况，都不要想'反正我就这样了'，这是过去的我教会我的。我相信自己可以重新开始，变得更坚强。"

"谢谢你们将挽救我人生的信送来了。想重新开始的这份决心，我想写给十年后的自己。如果你们再来大阪，请一定联系我。"

英雄读完短信将手机还给海人。

海人说道："看来这封信挽救了她，真是太好了！"

"是啊。"英雄面无表情地望向窗外。

"怎么了？您还担心什么？"

"其实我来咱们公司上班前是自己经营公司的。"

"是吗……"海人有些吃惊。

"我经营的是一家 IT 公司。成立后的前几年一直很顺利，公司也越做越大。当时我们公司开发了一个项目，得到了很多用户的支持，销售额成倍增长。曾经有一段时间，销售额在三个月内增长了十倍。然而，人总会很快就厌倦一个事物。因此我们不得不继续开发全新的、顶尖的项目，否则这样庞大的公司根本无法继续维持运营。即使有了这个新项目，之后也不得不开发下一个，就这样不断重复。最终，我的公司倒闭了。所幸，因为我之前赚了些钱，所以没有什么债务，但我还是不得不裁员，这对我而言很痛苦。被裁员的员工中，有许多与岛明日香年龄相仿的女员工。刚才在外面看到岛明日香打工的背影，我就在想，我的那些女员工是不是也在辛苦打工。不知为何，我觉得心中一紧。虽然岛明日香女士不是我的前员工，我却有一种是我让她陷入这般境地的错觉。"英雄叹了口气。"岛明日香女士在关键时刻被那封信拯救了，她很幸运，而原来为我工作过的那些女员工，现在是不是也过得幸福呢？我刚才一直在想这个问题。"

"这不是您的错。"海人只说了一句。

"嗯？"

"我很理解您的心情，但是她们过得幸不幸福不是由您决定的，而是由她们自己决定的。这个责任不该由您承担，而应该由她们自己承担。"

"您这样说让我感到少许安慰，不然我总觉得是自己的责任。"

"没关系，大家一定都会幸福的。"

"是吗？"

"我做这个工作最大的感触就是，所有人都拥有自己从苦难和逆境中走出来的力量，他们缺少的只是机遇罢了，而这机遇有时只是遇到了某个人。与我们的相遇也许就会成为谁的机遇，不过不只是我们，这世上还有许多这种奇迹般的相遇。"

"所有人都拥有自己从苦难和逆境中走出来的力量吗？"

"是啊。我们所需要的只是一次机遇，让我们意识到自己的力量。"

"她们一定会和谁相遇吗？"

"相信这一点不是更重要吗？"海人爽朗大笑。

英雄神色冷峻，对开车的海人笑了笑。不知何时，车子已经开到了没有住家的黑暗群山之中。

重田樹

＼東京・原宿

十年前から
やってきた
使者

几川树打开了房间的窗户，整个房间顿时明亮起来。他看到宾馆前台已经送来了熨洗好的衬衫。他已经在这个宾馆住了一个月了。

树把背包扔到床上后，打开了电视。体育新闻频道正在报道棒球比赛，对方球队的新投手的画面左上角的字幕上，写着"新投手畏首畏尾"。树知道比赛结果一定是他们失败了。

他叹了口气，打开冰箱拿出冰啤酒自言自语道："之后会报道好消息……"

果不其然，电视开始报道去年的最佳投手与经常在综艺中出现的一位女明星订婚的消息。一对男女在闪光灯下接受采访。

"请问您为什么喜欢基山投手？"

"我感觉他比较可靠。"女明星说完看了一眼基山投手。

记者们对着两人一顿猛拍。

"那基山投手为什么喜欢佐治小姐呢？"

"她本人和在电视中展现出的性格一模一样，所以我觉得她不是表里不一的人，她很值得信赖，然后就渐渐喜欢上她了。"两人视线相交，又引来一阵快门声。

看着两人之间闪成一片的闪光灯，树的思绪被拉回到了十五年前。

树和绫乃当时也是在同样闪成一片的闪光灯下接受的"采访"，不过，那只是他们在婚礼结束后的派对上，模仿新闻发布会的"采访"而已。包围他们的也不是记者，而是他们的朋友。朋友们准备好了相机和麦克风，像记者一般向两人不断提问。每当树和绫乃回答时，大家就会猛按快门。虽然那只是一个有趣的游戏，但如果树能在之前表现得足够好，引起大众媒体的关注就好了。可惜，他只不过是众多完全不知名的选手中的一员。

"绫乃小姐，您为什么会喜欢重田先生？"

"嗯……可能是因为他有少年感吧……"

朋友们意味深长地"哦"了一声，然后一起猛按快门。

闪光灯比自己想象得还要晃眼，树虽然知道这不过是个游戏，但还是有些紧张。

"那重田先生为什么会喜欢绫乃小姐？"

"显而易见，是因为她有些憨吧。"

"比如？"

"比如要发给我的短信，她却发给了她的妈妈。"

"这个不要说嘛！"绫乃脸红了，伸手打了一下树的胳膊。

快门声和闪光灯再次乱成一片。

原来自己和绫乃也有过那样甜蜜的时光，不过已经是过去的事情了。

"也就是现在这种时刻才会如此甜蜜……"树一边嘟囔着，一边换了频道。最近他喜欢看搞笑艺人们的夸张表演。

不知不觉中坐在椅子上睡着的树，此时因为脖子的酸痛和双手的麻木感醒了过来，他看了一眼表，凌晨两点半。电视还开着，不知道从何时开始播放起了老电影。树站起身开始脱衣服。

车子刚过厚木，海人和英雄就被堵在了路上。察觉到车子停了下来，睡在副驾驶座上的英雄睁开了眼睛："对不起，组长。我刚才不小心睡着了。"

"没关系。我们已经快到横滨町田路了，您需要回一趟家吗？"

"不需要。"

"如果您不介意，我打算就这么一直开到东京去，可以吗？"

"我没意见。"

"明白。那我们就直接开过去吧。"海人将车从最左边的车道拐到了最右边的车道上。

"这次要去东京啊?"英雄不知是自言自语还是在问海人。

海人笑了一下:"您最好有些心理准备,我们公司对'特别配送困难者'的快递处理得都很不符合常理。"

"什么意思?"

"信件配送的顺序不是按效率来的,是按被收信人重视的可能性排序的。"

"被收信人重视的可能性?"

"对。之前有一次,我先去了冈山,然后去了福岛,最后又去了姬路。"

"啊?"

"这还没完。您猜到姬路之后我去了哪里?我又去了福岛。"

"为什么会这样?"

"一般收到研究部门的资料后,我们会以此来决定配送顺序。当然,如果考虑成本和效率,应该是同一个地方的信件一起配送,但有些信件的送达时间即使只相差几个小时,可能最后也无法送到了。那样的话我们就不得不重新调查收信人的下落。这就是为什么我们必须按照公司指示的顺序去送信。比如,如果我们先前往东京给重田先生送信的话,至少会延迟一天才能将信交给大阪的岛明日香女士。可现在看来,我们当时将信送达对岛明日香女士来说就是最佳时机。"

"原来如此。"英雄被说服了,"这个顺序是由谁决定的?"

"丽子小姐。"

英雄脑海中浮现出若林丽子的脸:"她是以什么标准决定的?"

海人笑了:"不知道,可能是直觉吧。丽子拥有看了调查组的资料就知道如何决定送信顺序的天赋。"

"天赋?"英雄忍不住脱口而出。

"实际上,从来都没出现过让我觉得'如果改变她决定的顺序就好了'的情况,反而很多时候我都会觉得'如果不在那个时机将信送到,对收信人而言就失去意义了'。她在这方面是个天才!"

"这样啊。"英雄有些感动。虽然公司可能会增加成本,但要在顾客最需要时送达的信念就像一种企业精神。英雄认为这足以让人感动。

"不过,一旦您上手了,公司就会有我们两个送信员,到时候我们就可以分开行动了。比如我刚才讲的,当我在冈山和姬路送信时,您就可以在福岛处理另外两封信。我认为这会更有效率。"

"我一定会为了能独当一面而努力的!"看着手握方向盘的海人的侧脸,英雄用力地点了点头,"下一位收信人是谁?"

"是住在东京的重田树,三十八岁。"

"啊……不是二十五岁吗？"

"这次的任务是团体委托，其中有一位是老师。这位重田先生当时是这个中学的临时代课老师。根据调查组的调查资料显示，他现在是公司职员，之前他预留的地址现在是别人在居住。调查组再次调查后才发现，他现在住在宾馆里，但是资料却显示，在二次投递时宾馆将信退回了。不知道是怎么回事。"海人歪了歪头。

"为什么会长期住在宾馆？"

"不知道，具体的情况我也不清楚……"

"这样啊。所以现在我们是要去他住的宾馆吗？"

海人点了点头："要是能赶上就好了……"

"怎么了？"

"如果能在重田先生外出前到达宾馆，我们就可以在他出宾馆时将信给他。如果没赶上，我们就只能继续等到他回来为止。"

英雄吓了一跳："这样啊……"

"如果他能当天回来也不错……不过常年住在宾馆的公司员工可能会经常去国外出差。这种满世界跑的人，极有可能一个星期都不会回家，只有这种人住宾馆才会比租房更划算。"

"如果遇到这种情况，我们该怎么办？"

"基本上就是等。不过，我们每天都要向公司汇报工作进展，如果收到'跳过这个收信人'的指令，就可以先给下一位收信人送信。"

"这工作确实挺不容易的！"

"不是'挺'，毕竟机不可失，这可是个超级不容易的工作。"

这时候，堵车状况有所缓解，车流开始缓缓移动。海人踩下了油门。

几川树一边躲闪着拥挤的人群，一边跟在美羽身后。虽然今天是工作日，但竹下通①却挤满了人。看着这些年轻的孩子们，树觉得很不可思议，这些孩子不在学校到这里来做什么？不过说起来，自己的女儿不也是他们中的一员吗？等他们父女俩终于走到了明治通的尽头，美羽到原宿后第一次开口说话："我们再逛回去吧。"

"啊，好。"两人沿着原路返回。树和之前一样，紧跟在美羽身后，好像稍不留神，美羽和他就会被人群冲散一般。

刚才树在品川站的站台上等美羽时，迫不及待地想见到她，但是当美羽从新干线上下来时，他却不知道该说什么。树觉得很久没见的女儿突然长大了。

美羽戴着首饰、拎着包，有一种要"立刻冲到原宿"的感觉。树觉得她打扮得过于夸张了，浓妆艳抹得有些滑稽。不过

① 竹下通，日本东京原宿一条行人专用街道，路边大部分为小型商店，受到年轻人和游客的欢迎。——编者注

也没有办法，毕竟她是从农村来的中学生。

树其实很想说"你不化妆更可爱"，但是话到嘴边犹豫了一会儿又咽了回去。"啊，你说想去原宿是吗？"树没有打招呼而是直接问了这句。

美羽点了点头，之后他们又是一路沉默。两人坐山手线从品川前往原宿。在电车行驶途中，树问了不该问的问题："你妈妈还好吗？"

"嗯。"和树预料中一样，美羽并没有展开说什么。

"当一位父亲相隔许久才见到自己的女儿，他应该和她谈什么？"树一边想着这个问题，一边不停地在车厢中左顾右盼，终于，他找到了可以作为话题的广告牌，是补习学校的广告："说起来你马上要考试了。你的学习成绩怎么样？"

美羽沉默着点了点头。

"没问题吗？"

"嗯……我在上补习班。"

"累不累？"

美羽摇了摇头："宫下补习班虽然是补习班，但那里的老师教得很有趣。"

"这样啊……"

结果，在电车里他们全程就只说了这些。对树来说，从神奈川到原宿的这段旅程从未像现在这样漫长。其实，他已经很久没见到女儿了，虽然很紧张，但他并不讨厌和女儿一起相处的时光。他沉浸在一种不同寻常的感觉中，希望这样的时间能再长一些。

就在能看到原宿站旁边的竹下通的入口时，美羽又决定再次折返。不久，美羽停在一家商店门口。看美羽的眼神，这应该就是她要找的店。美羽没说话，直接顺着台阶走上了商店的二楼。树也跟着上了台阶，但他看到里面挤满了女孩子，觉得自己一个中年大叔挤进去有些奇怪，于是他就走出了商店在外面候着。

不知道这些年轻人到底是从哪里得到的消息，网红店前总是排着长队，而且从来看不到排队的人脸上有什么不满，即使在十二月的严寒中，在外排队的年轻人也热情不减。

"美羽想下周三去东京，我想拜托你照顾一下她。"两周前，树收到了绫乃的短信，她的语气完全不像是一个妻子该有的语气。

"哈。"在外面等待的树哈出一口气。因为天气太冷，他哈出的气变成了一团白雾。他突然扭头看向车站的方向，发现人群中有两个人。

"这是谁啊？明星吗？"刚好周围人交头接耳的声音也传入了树的耳中。看来注意到他们的不止树一人。

"应该不是，没见过啊。"

"看他们那身打扮，肯定是明星啊！"

"可能有剧组在拍摄。"两个看上去像中学生的女孩越聊越兴奋。

这两个人戴着纯白色的帽子，穿着纯白色的西服，脚上穿着尖头的白皮鞋。一身雪白的装扮让他们俩在人群中非常显眼，从远处一眼就能注意到。

走在前面的年轻人真可能是演员。他拥有模特一般的身材和女孩们喜欢的帅气脸庞，他的一只手里提着一个铝制的箱子，但是他身后的另一个人真的是演员吗？那人看起来和树同龄，甚至比他还要年长些。他应该从未在电视上出现过。"可能真是在拍摄。"树一边想着，一边环视四周，却找不到像摄影机一样的东西。

就在树四处寻找时，"白衣二人组"来到了他的面前。树有些慌张地四处张望。他俩此时仿佛在树的四周设下了结界，围观的人都挤在他们周围，却没有人敢靠近。

"找我……什么事？"树慌张地询问道。

"初次见面，我是时光胶囊株式会社的吉川海人。请问您是重田树先生吗？"年轻的男子询问道。

树一脸惊讶。"啊？是的。我现在虽然不叫这个名字了，但以前确实叫重田树。"树犹豫了一下回答道。

"这是在干什么？是在拍摄吗？"旁边的三个女高中生一边询问，一边和朋友一起寻找着摄影机。

海人微笑着回答道："不是在拍摄。我们就是普通人。"

这句话一出，结界瞬间仿佛被打破了一般，周围的人开始走动起来，只有"白衣二人组"没有动。树不可思议地看着眼前的一切。

"您改了名字？"海人又问。

"是啊，现在我叫几川树。"

海人看了一眼英雄："看来可能是这个原因，之前寄出的信才会被宾馆退回来。"

海人打开手里的铝制箱子，从中取出一封信交给树。

"十年前，您在濑户内海的一所中学做临时任课老师时，和毕业生们一起给十年后的自己写了一封信。您还记得吗？"

树皱眉："信？"

"对。我们就是来将这封信交给您的。"

树满脸惊讶地看向海人递过来的信，他看到了收信人的姓名，写着"重田树收"，确实是自己的笔迹。收件地址好像也确实是当时在那个岛上的公寓的地址。

"居然还有这种事……"树缓缓伸出手接过信，他按捺住内心的惊讶问道，"你们怎么知道我今天会在这里？"

"我们去过您所住的宾馆，刚好赶上了您出宾馆的时候，于是我们就自作主张跟了过来。"

"怎么回事？"突然，一个年轻的女声响起。

一直注视着海人和英雄的树猛一回头，就看到美羽站在那里："啊，好像是十年前，爸爸我给现在的自己写了一封信。"

"啊？"美羽声音清脆。

"现在他们就是来将这封信交给我的。"

"我们公司负责保管信件到指定的时间，然后交给收信人。"海人替树回答道。

"啊？十年前的自己给现在的自己写的信，现在送到了这里吗？这也太厉害了吧！"

海人递了一张名片给满脸惊讶的美羽。

"吉川海人。"美羽念着名片上的名字。

"你好。"海人礼貌地向美羽问好。

"您好。"美羽冲他微笑，"我也能在你们这里寄信吗？"

"当然可以。名片背面有二维码，如果你有兴趣可以用手机扫一下，填写详细的信息就可以了。"

"爸爸，这好像很有意思。我可以写吗？"

"啊？现在吗？"

美羽目光灼灼地点了点头："就当是来原宿的纪念，给未来的自己寄一封信。这真是太巧了！我刚从店里出来时还想着，待会儿去找一套可爱的信纸呢。这一切多么戏剧化啊！像电视剧里演的一样令人兴奋！"

"啊，但是……"

树的目光从海人转向英雄，又从英雄转向海人："如果可以，在我女儿写信的时候，能请您二位等一下吗？"

海人微笑点头。

之后，树、美羽、海人和英雄四个人一起去了表参道的咖啡厅。

美羽一个人坐在一张桌子旁，一边吃着蛋糕一边写着信。剩下的三人坐在吧台等着。咖啡厅有两层，从窗户可以看到在表参道上漫步的恋人们，此刻他们正仰望着圣诞节的灯光秀。

"没想到我还写过这样的信呢。"树看着手边的信，并没有拆开，"说实话，我已经不太记得那时候的事情了。其实我只做了一年老师，而且还不是出于自愿，我是当时实在没办法才去做的那份工作。"

"实在没办法吗？"海人问道。

"是啊。实际上我是职业高尔夫运动员。"

"您是职业高尔夫运动员？"

树点了点头："不过那都是过去的事情了。虽然我并不是像您二位想象中的那种职业高尔夫运动员，但我是以你们想象中的职业高尔夫运动员为目标的那一类。"

"这样啊。"

"我岳父之前也是职业高尔夫运动员。我就是通过他和我妻子认识并开始交往的，然后就有了现在这个孩子。"树朝美羽那边看去，"她叫美羽。"

"美羽小姐。"海人重复道。

"我岳父后来成了一家大型造船公司的高管，他强烈反对女儿嫁给我这么一个没有成就的高尔夫运动员。我们反复求他，最后他提出的条件是：让我入赘改姓几川。因为我妻子是他的独生女。"

"就是您现在的名字吧。"海人双手交叉抱于胸前。

"结婚后我们最大的问题就是钱。如果拜托我妻子的娘家，怎么都能过得不错。虽然她说自己不论过什么样的日子都会感到幸福，但事实并非如此。更不幸的是，那时正是高尔夫不景气的时期，需要的运动员人数也越来越少，也没有什么练习场需要雇人。我当时虽然还能继续参加巡回赛，但也一直没能取得我所期望的成绩。我想尽办法以职业运动员的身份生活了几年，直到后来我受雇的高尔夫球场关闭了，我也就失去了这份工作。"

"当时的我别无选择。因为我大学读的是教育学院，所以我有教师资格证，也有很多做老师的朋友。于是我就向大学时的朋友们求助，这才找到了临时代课老师的工作。后来又几经波折，最终去了岛上的一所中学，也是做临时代课老师，任职时间是一年。我没有带妻儿过去。这个地址就是当时我租的公寓的地址。"树指了指桌上放着的信封上写的收信人地址。

"当时，我朋友给这个学校介绍我时，报的姓氏还是'重田'，虽然那时我的姓氏已经是'几川'了，但为了方便我还是决定用'重田'。校长虽然不知道我的详细情况，但还是让我这样做了。"

"那您为什么一年后辞职了？"

"其实当时，我对妻子和岳父都承诺过了，我会在这一年内努力学习，争取通过教师招聘考试，但是我根本没有干劲儿。"

"为什么？"

"我其实一开始也努力尝试了，但我觉得老师这个工作真的不适合我。无论是一直和孩子们在一起，还是在老师这个群体中工作，都让我觉得很痛苦。其实我知道，我只适合做那种独自面对自己的工作。不过，最重要的原因是……"

"高尔夫？"海人说。

树默默点了点头："我渴望职业选手的生活，梦想能在循环赛中赢得奖金。每当我想努力成为一名老师时，我都很难把高尔夫从我脑海中赶走。不知不觉中，我就会想象对手们都在拼命练习的样子，这让我感到很痛苦。比自己年轻的选手们不断涌现，角逐冠军，这些消息都让我心烦意乱。你知道职业高尔夫运动员是没有年龄上限的吧？不仅是年轻运动员，年龄大的运动员参加巡回赛的消息也会让我动摇。"

"为了让自己平静下来，我有时希望能在下班回家的路上打一下高尔夫，但不幸的是，岛上根本没有高尔夫练习场。自从我结婚生子以来，我总是不断地问自己：'是否应该放弃童年的梦想？'然而，我还在做老师的工作。老师会告诉孩子们未来是怎样的，会告诉孩子们梦想一定会成真，或者是鼓励他们，只要不放弃，梦想就一定会成真。然而，要由我这个已经放弃梦想的人告诉他们这些，我实在说不出口，我觉得自己没有资格对他们说什么。自那之后，我每天都专注于充实地度过当下的每一天，尽量不说什么大话。"

"直到有一天，同校的一位老师对我说了一句话。当时我和那位老师一起担任网球俱乐部的顾问。那天我们一起捡球的时候，当我捡到第五个球时，因为手里实在是拿不下了，球就掉了。他说'你再不放下手中的球，就拿不了新的球了'，我当时感觉犹如醍醐灌顶一般。如果我真的想成为一名职业选手，就应该放弃其他的东西。"

"他是……"英雄脱口而出，但他很快咽下了剩下的话。

树瞥了一眼英雄，笑了："我知道。那位老师其实是想告诉我，如果我永远拿着一个叫作'高尔夫'的球，我就不能接住一个叫作'老师'的新球，但在当时，我按照自己希望的方式解读了它。我的心里其实早就有了答案，只是想让别人推我一把。所以，无论当时对方是什么意思，哪怕是相反的意思，我都会按照自己的想法去理解。于是，我去向我的妻子和岳父道歉了。"

"如果我能成为高尔夫巡回赛职业选手并赢得奖金，女儿也会因此感到幸福吧，但是一边工作一边练习是不可能的，我想专注于高尔夫，可这样给家里的生活费就很难支付了。结婚

以后，我已经当了四年的教学人员了，家人们一直在等我通过
教师招聘考试。然而最后，我还是得到了他们的许可，条件是
'我只有三年时间'。"

树看着海人和英雄的脸，露出了略带寂寞的笑容，双手推
开："结果是……看，就是你们现在看到的这样。"

英雄不知道该用什么表情继续听树的故事，于是他把目光
从树身上移开，看向了海人。海人还是像往常一样微笑着看着
树。英雄也赶紧露出笑容，重新看向树。

"三年过去了，我没有参加任何高尔夫巡回赛的主场比
赛。如果当初我能再努力一点儿，也许就可以了。有一次，我
只以一杆之差落选，但承诺就是承诺，最后我放弃了梦想，进
入了岳父的公司工作。之后，我几乎成了公司的奴隶。因为我
是独自来东京工作的，所以在东京买了一套一居室的公寓，但
后来我发现我的工作要不断到世界各地去出差，所以我把公寓
租给别人，自己住在宾馆里。幸运的是，宾馆的住宿费是由公
司支付的，所以住在那里对我来说更方便。"

"您不回家和您的妻子、孩子一起住吗？"

树摇了摇头："这些年我都没有回去过。实际上，我和妻
子已经分居了。"树一边喝着咖啡，一边瞥了一眼正埋头写信
的美羽。

"您妻子不让您回家吗？"海人问的问题越来越多。英雄
只是坐在一旁听着。

树默默摇了摇头。

"我不知道，但那时我只专注于高尔夫，我和妻子就分居了。我也从来没有管过家人和女儿。后来我觉得也不是一句'我回来了'就能让一切重回正轨。而且我妻子也没有说过'我想让你回来'这样的话。也许她觉得丈夫健康就好，不在家也没事。"

说到这，树又喝了一口咖啡："没想到美羽花了这么久写信。对不起，让你们久等了。"树看着美羽说道。

海人微笑着摇了摇头。"让她慢慢写吧。我们已经习惯了等待。话说……"海人把目光转向桌上的信，"您不想读一读自己写的信吗？"

树苦笑起来："我那时认为时光胶囊就是一种游戏，而且我当时以为自己不可能在一年内就辞职，所以并没有好好写。"

"不过，这是一封您自己写给自己的信，为什么不读一读呢？如果您介意，我们可以稍微离开一下。"

"这样吗？那么，我来读一读吧。"树难为情地挠了挠头。

海人用目光示意英雄站起来，然后他们一起走到美羽的桌旁，留树独自在吧台读信。

"你写得如何了？"

美羽慌忙用胳膊肘遮住了她正在写的信："不要看啦！怪难为情的。"

"抱歉，在你爸爸读信的时候，可以让我们待在这儿吗？"海人微笑着说。

"可以啊。"说完，美羽将散落在桌子上的信纸整理了一下，然后全部拢向了自己。

英雄坐下后看向树。此时他已经打开信封，从里面拿出了信。

"我很快就写完了，请你们先看别的地方。"美羽边笑边说。

海人和英雄夸张地向上看："这样行吗？"

"可以，就保持这样。稍等片刻……嗯，好啦！"

说完美羽把一摞写完的信纸在桌子上磕了磕，然后折成三折："收信人是我自己，地址是我现在住的地方，这样就可以了吧？"

"是的。"

得到了海人的肯定回答后，美羽将自己现在的住址写在了信封上。

"你经常来看你父亲吗？"海人一边保持向上看的姿势，一边和正在写地址的美羽说话。

"不是，我们已经一年半没见过面了。"美羽低声说。

海人和英雄互看了一眼，继续问道："那你想他吗？"

美羽没有回答他的问题，而是说："我写好了，这样就可以了吗？"

"可以了。你想寄给几年后的自己？"海人微笑着接过信。

“请交给十年后的我。”

“好的，十年后一定送达！”

“拜托了！”

“我保证！”海人说着，把信放进了上衣口袋里。

“你父亲似乎读完信了，我过去看看。你能和这位叔叔在一起再待一会儿吗？”

海人把手放在英雄的肩上，边说着边站起身离开座位。

英雄看了一会儿海人的背影，感觉到他好像没有要回来的意思，他只好看向眼前的美羽，而美羽此时也在看他。

英雄惊慌失措地笑了起来，引得对方一阵发笑。

“你叫美羽是吧？初中二年级？”

“三年级。”

“那离中考不远了。”

美羽苦笑着点了点头，脸上的神情暗了下去。

英雄察觉到他选的话题不好，就立刻停止了这个话题。他沉默了一会儿，又觉得不能一直沉默，于是继续说：“我也有一个上初三的女儿。”

“嗯？”美羽惊讶地看着英雄的脸。

然而，比美羽更惊讶的其实是英雄自己。他也不知道自己为什么会开启这个话题。

“你们关系好吗？”

英雄苦笑着摇了摇头：“和你的情况一样，我最后一次见她是在一年半前……"

"那您想见您女儿吗？"

"不知道……"

"绝对想见啊！那您为什么不去见她？"

"我妻子带着孩子离开了家，你觉得我女儿还会想见这样的父亲吗？"

"这并不重要！"美羽语气强烈地说。

"啊？"

"这一点关系都没有啊。是您妻子说不想见您，又不是您的孩子说的。难道不是吗？其实您不见妻子也没关系，但您可以见见您的孩子……还是说，您根本不想见她？"

英雄感觉美羽的这些话并不是对他说的，而是借机对树说她想说的话。美羽也意识到她正在借着英雄女儿的口吻，发泄着自己对父亲的情绪。

"我当然想见她。"英雄赶紧说道。

"那就见一面吧。因为、因为……如果不见的话……"美羽眼里开始噙满泪水，"孩子会认为爸爸并不爱自己，会觉得自己是一个麻烦，甚至会觉得是因为自己，爸爸才走的……孩子会一直生活在这样的阴影中。"美羽低着头，眼泪簌簌而下。

英雄从口袋里掏出一块手帕递给她。他看着美羽，不由得心头一紧："这样啊。你应该是对的，下次我会尽量联系她。"

美羽擦干眼泪后恢复了镇定，她吸了吸鼻子："对不起，我说了很多自以为是的话。嗯……您叫什么名字？"

"我叫新井。"

"我知道新井先生您一定有自己的苦衷，所以请不要勉强自己。"

英雄有些受不住了。在他看来，他面前的美羽正在代自己的女儿诉说着想说的话。

"我知道新井先生您一定有自己的苦衷。"

这根本不像一个初三女生会说的话。她一定是在想要任性的自己和不想成为父母负担的自己之间不断斗争过。她一定是因此遭受过深刻、反复的痛苦，才会说出这样的话。

"对了，这个蛋糕您吃了吗？"美羽一边擦眼泪，一边转移话题。

"没有。"

"您一定要吃！这个我已经吃不下了，如果您不介意的话，请尝一尝吧。"说着，美羽从桌上的小托盘里拿出了一把新叉子，递给了英雄。

英雄无法拒绝，他拿起叉子，往嘴里塞了一块蛋糕，里面有很多奶油："嗯，很好吃。"

"是吧！"美羽微笑着，她因为刚哭过，眼睛和鼻子还是红红的。

"……谢谢。"英雄点头致谢。

美羽猛摇右手："不不不，我是真的吃不下去了，您是在帮我吃呢。"

英雄心中感激美羽的善意。看到英雄刚才的样子，她一定是忽然察觉到了什么，所以才把话题转到了蛋糕上。想必这是她的好意。

"让你们久等了。"英雄和美羽同时看向声音传来的方向，海人正站在那里。

"爸爸呢？"美羽问道。

"他去洗手间了，一会儿就回来。"海人站在那里回答。

英雄感觉到他们应该要走了，于是赶紧站了起来。

"那么，我们就告辞了。"

"哦……好。"

"十年后我们会把那封信寄给你。不知道那时你还会记得吗？"

"当然！"美羽笑着点头。

海人也笑了："希望你和你父亲今天玩得开心。"

美羽微微点头。

海人轻触自己的帽檐，优雅地向美羽鞠了一躬。英雄赶忙模仿他。然而，等英雄直起身时，海人已经转身迈步离开了。

他们离开后没过多久，树就从洗手间回来了。

"爸爸，你好慢啊。我以为你都把我忘了呢。"

"对不起，对不起。我有些拉不出来。"

"真恶心！"

"那么，现在我们要去做什么？你有什么想去的地方吗？"

"嗯……"美羽想着。

"你想和爸爸去打高尔夫球吗？"

"现在吗？"美羽的眼睛亮了起来，"但我从来没打过，不会啊。"

"你忘了爸爸是职业选手了吗？"

"看起来确实像那么回事。"

"好，那我们先去买高尔夫球服吧。"

"不用特意去买吧。"

"不！最好从形式开始，这样才能有坚持下去的动力。"

美羽叹了口气，但她没有将不满表露出来："您知道附近有这样的店吗？"

树点了点头："我虽然对初中女生喜欢的商店一无所知，但我对高尔夫商店还是很了解的。"

"不要为此感到骄傲！"

"好！既然决定了，那我们就走吧！"

树拿起桌上的账单转身去结账。美羽小跑着跟在他后面。与之前完全没有对话的情形形成鲜明对比的是，两人开始不断有想要聊的话题。

此时，车上的两个人都沉默着。海人开车间隙会偶尔瞥一眼英雄，而英雄却一直盯着窗外。

"您不问我接下来要去哪里吗？"

"哦，嗯？接下来去哪里？"

海人放声大笑："接下来，我们要去苫小牧，但是现在，我们要先去一趟羽田机场。毕竟昨天因为没能见到重田先生，耽误了行程，所以现在我们只能赶赶时间，好尽快去北海道。"

"明白了。"

海人对英雄的反应有些诧异："啊！我们要去的可是苫小牧啊！是北海道啊！我以为您会反应更大些，没想到您这么容易就接受了。"

"对不起。"

"怎么了？您从刚才开始一直愁眉苦脸的。"海人直截了当地问道。

"刚才和美羽说话时，我想起了自己的女儿……"

"啊！您有女儿吗？也是，您这个年龄也不奇怪。"

英雄露出一抹苦笑："我女儿和美羽一样，也在读初三。不过我们已经一年半没见过面了。"

"真的？"

"自从开公司以来，我一直拼命工作，几乎没时间回家，即使后来公司破产了也是如此。等我意识到时，我已经错过了所有能和家人在一起的时光……我的妻子带着女儿走了。"

此时，车子开上了首都高速。

"因此刚才听到重田先生和家人的故事，我不知道说什么好，心里有些不舒服。"

"我明白。您脸上都显露出来了。"

英雄有些不知所措："真的？"

"是啊，您看起来有点儿生气。"

"对不起！以后我会注意的。"

"没关系，我也表现在脸上了。"海人笑道。

"因为我曾经做过老板，所以，虽然我非常同情重田先生，但我从心底里无法认同他。"

"什么地方不认同？"

"虽然他现在仍然没有成为高尔夫巡回赛选手，但是除此之外，他的生活简直是普通人羡慕不来的。和有钱人家的小姐结婚，可以多年来一直做自己喜欢的工作，也许连他本人都没有意识到，他的岳父其实非常支持他打高尔夫，但是他并没有把握住机会。即便如此，他还是能在大型造船公司工作，在市中心买房子，甚至还能把房子出租给别人收租金，然后自己住在由公司报销住宿费的宾馆里。普通人身上这些事情随便发生一件，估计都能喜极而泣了，然而他却说自己成了公司的奴隶。"

英雄冷着脸继续说道："'我要你救我，我要你对我做点什么'，对这样想的人来说，公司只不过是一个让自己成为奴隶的地方，但'我要拯救公司，我要为公司做点什么'，抱着这种想法的人不是公司的奴隶，而是公司的英雄。那些说'我是公司的奴隶'的人，明明是自己愿意去上班、去当奴隶的，他们并不是为了救自己才去公司上班的，这些人对公司来说其实就是个负担。"

"您这言辞够犀利的。"

"这只是常识，但我不会对重田先生说的。"英雄的声音低沉了下去，"听了他的故事，我认为重田先生只是太依赖公司了。我心里有些难受，是因为虽然这是他的问题，但是，但是……"

"这意味着他的女儿美羽过得很艰难。"海人接着说。

英雄含泪点了点头："她认为也许父亲是因为她才不得不放弃自己的梦想，是因为她才感到不幸福，也是因为她才没有留在家里……她很痛苦。但我也无法谴责重田先生什么，毕竟我对自己的女儿也做了同样的事情。这样一想，我觉得自己高高在上地指责重田先生是很没有资格的，同时我也感到愧对自己的女儿。"

"那个女孩哭了呢。"

"是的，她请求我去见见我的女儿。她说感觉自己不被父亲所爱，感觉自己是一个累赘，就连父亲的离开她也觉得是自己的错。她一直活在这样的阴影中。我感觉她说的那些话仿佛就是我女儿要对我说的。"英雄点了点头。

海人温和地说："我稍微看到了一点信中写的内容，美羽小姐写了很多关于她父母的事。其实，我猜这些话她本来是想告诉重田先生的。我也相信重田先生真的能重新振作起来，他正在寻找改变自己的机遇。"

"难说啊……"

"您不想这样吗？我想选择相信他，所以我希望这一次能成为他的机遇。"

"是这样吗……"

"但我也想告诉您，我觉得美羽说得对。如果您一年半没见女儿了，不如试着联系一下她？"

"其实我和美羽说话时，我才真正意识到，为什么直到现在我都没有联系我的女儿。虽然非常难为情，但我必须承认我没有勇气，我在害怕，于是我选择了逃避。我总想着如果她说不想见我怎么办？如果她没办法接受我怎么办？我想的全是我自己，但实际上，我女儿比我更受伤。现在我觉得即使被拒绝了，我也想让她知道，我是爱她的，因为有她的存在，我才有了拼命努力的动力。"

"这次相遇改变的也许不是重田先生，而是您啊！"

在两人说话的时候，车子已经进入了湾岸线。这里不太堵车，按照现在这个速度，大约二十分钟后他们就能到达羽田机场。

"那我们尽早完成工作吧，这样您就能有时间去做自己想做的事情了。之后的十一天还有三封信需要送。"

"好。"被海人的笑容感染，英雄也笑了起来。

海人虽然还没到英雄一半的年纪，但他处理事情很冷静，而且为人不招人讨厌，是谁都会喜欢的类型。工作上他可靠又机智。如果工作做到这个地步，稍微自得一些也不奇怪，但他却没有。他熟练地指导还是新人的英雄尽快熟悉业务，同时在对英雄说话时还保持着对年长者的礼貌，日常相处也总是洋溢着温暖的笑容，让人很放松。

英雄发现自己正在以经营者的视角来想："如何才能培养出如此出色的年轻人？"事实上，英雄在自己经营公司时，感到最困难的就是培养人才。他真的很想培养出像吉川海人这样的员工，但从未成功过。

"怎么了？"注意到英雄的目光，海人问道。

"没什么。现在我们要去的苫小牧是在北海道吗？在这样寒冷的冬季，我们穿成这样去北海道真的没问题吗？"

海人放声大笑："您的反射弧也太长了吧！"

森川櫻

＼北海道・苫小牧

十年前から
やってきた
使者

"本田，做完这个你就可以走了。"安藤店长说道。

"好。"本田樱回答道。

她将洗碗机中洗好的碗盘整齐地放到架子上，然后去了更衣室。她将包裹头发的毛巾摘掉，被汗水打湿的头发贴在额头上。拉面屋的工作最不好的地方就是，衣服和头发上总会沾上猪骨汤的味道，回家后需要花很长时间洗澡。换好衣服后，本田樱走出店外，刚才还晴朗的天气说变就变，风雪扑面而来。

这是樱在苫小牧度过的第一个冬季，现在才十二月就如此寒冷，以后不知道要冷到什么程度，光想想就觉得可怕。樱赶紧冲进停车场的一辆黄色轻型汽车里，然而，当她转动钥匙时，汽车的发动机却没有启动，只是发出沉闷的旋转声。她再次转动钥匙，车子依然没有任何反应。

"不是吧……"樱有些着急，又试了几次都没有成功发动车子。樱准备回店里求助安藤店长或其他人，就在这时她看到车窗外有人。一个穿着一身白色西服、戴着白色帽子的年轻人，此时正站在车窗外冲着她微笑。他的身后站着另一个同样打扮的男人。

"就是这家店。"海人将他们在新千岁机场租来的车停在拉面屋外面的停车场上。乌云压顶，大雪纷飞，海面吹来的强风将路面新落的雪都吹走了。

"我们还像之前在大阪等岛明日香女士一样，等她下班吗？"

"嗯，就这么办吧。幸好停车场够大，我们可以把车一直停在这里。"

"不过，如果停在能看清店里具体情况的位置，就观察不到其他车了，这里有很多视觉死角，还是不太好停。"

海人没有回答英雄的话，他扫视了一圈停车场，最后指着一个方向："停那里。"

"可那是店铺的内侧，从那里看不到店里的情况。"

"她一定会从那里出来。看！那辆车，只有那辆是神户的车牌号。"

英雄顺着海人所指的方向，看到一辆黄色轻型汽车："啊……"

"一定是那辆车。森川樱来这里生活之前，一直住在尼崎。"海人将车停在拥有神户车牌的车的斜后方。这个位置既可以清楚地看到驾驶座，又能直接看到店的后门。

"等她出来再将信给她吗？"英雄问道。

海人露出为难的表情："嗯，这次稍微有些难办呢。"

"怎么回事？"

"'特别配送困难者'中有一类人需要我们特别注意，这次的森川樱就有这个标记。"说着，海人将文件首页递给英雄看。在文件首页上面确实用红色印着"特别注意"的字样。

"这是什么意思？"

"每一位都不同。这次的森川樱是因为没有固定的住所，不过好像是她本人特意为之的。看来她不希望被任何人知道自己的住址。"

"潜逃？"

"她还真不是。"海人看着资料说道，"虽然不清楚她的详细情况，但确实是她自己不想让别人知道她的行踪，她也已经断绝了和亲友的联系。调查组也是彻底调查了这个人后，才找到了她现在居住的地址。这种情况下，如果我们贸然出现，只是交给她一封信就离去，对她来说会是一件恐怖的事情。您想，既然她没有告诉任何人自己的行踪，那么我们是怎么找到这里来的？虽然我们把信交出去确实就完成了工作，但这会让对方一直活在恐惧中。"

"确实……确实是这样。"

"这份工作让我遇到了形形色色的人。"

"也不是所有人收到信的时候，都会感到幸福。"英雄
说道。

海人有些落寞地点了点头，笑了。

英雄在大阪遇见了岛明日香，在东京遇见了几川树和美
羽。这些相遇让他觉得这份工作很棒！尽管需要跑很长的路，
但确实是一份能让人感动的工作。现在看来，这可能都是因为
他只看到了这份工作好的一面。

"我们也不一定就会被讨厌。总之，我们待会儿就见机行
事吧。"海人努力想让自己的话听起来乐观一些。

"有没有更好的办法？"

英雄还没问完，海人就摇头："没有完美的办法，我们只
能根据当下的具体情况尽力而为。"虽然事情很棘手，但海人
表现得非常镇定。

"话说，调查组可真厉害啊！他们到底是怎么……"

英雄的话被海人抬手打断："她出来了！"

海人望着拉面屋的后门方向。从店里出来后的樱一路小跑
着奔向汽车，快速坐进了黄色汽车的驾驶座。

海人本来计划跟着樱的车，车子都已经准备发动了，他
却发现她的车没有发动的迹象。海人拉下手刹，解开安全带：
"好像她的车引擎出了点问题，我们去看看。"

"好，好的。"英雄赶紧下了车，强风吹得他浑身冰冷。
在这个飘雪的寒冬里，只穿一身白色西服实在是太冷了，但海

人却像是走在春风里一般。英雄也学着他的样子，赶紧舒展开身子。

当海人走近樱的汽车时，他像往常一样面带微笑，面对如此令人愉快的微笑，无论是谁都会放松警惕。注意到海人后，樱稍微打开了一点儿车窗，却没有完全打开。

"引擎出问题了吗？"

"是啊。"樱苦笑道。

"再试一次吧？"樱按照海人说的，又转动了一下钥匙，但车子依然没有启动。

"可能是电池的问题。"

"那该怎么办？"樱有些心烦意乱。

海人依旧保持着微笑："没关系。你愿意让我来试试吗？"

樱看了一眼拉面屋的方向，她想着与其麻烦正在工作的店长，不如拜托眼前这位穿着白色西服的男人。"看上去不像坏人"是樱对海人的第一印象。

"您真的可以吗？"樱有些惶恐。

"我们是从横滨来的，那辆车是我们租来的。"海人指着他们的车子说道。

樱看了一眼他指的那辆车的车牌上的属地番号。

"在来这里的路上，我看到有一家汽车店。我的同事可以开那辆车去汽车店租个拉绳，等他回来之后，我们就可以用租来的车拉着您的车，让发动机启动起来。怎么样？"

海人的话让樱安下心来："那就麻烦你们了。"

两人对话时英雄一直静静地听着。当海人回头望向他时，英雄点了点头。

"那我立刻去。"说完英雄就回到自己的车中。车里还是很暖和，英雄感觉自己又活了过来。"真想听听两人之后会说些什么啊。"英雄一边自言自语，一边发动了车子。

"请稍等。"海人还站在那里，看着车开走的方向。

雪不断翻滚着吹打着他，穿着西服站在这样的风雪中，不可能不冷。即使是在没有发动的车里，樱也觉得如坠冰窟，更别说在外面接受风雪暴击了。他此刻应该比樱想象的还要冷。

"那个……您不冷吗？"

海人只是用沉默和微笑回答了樱的问题。

樱只好继续客气："您要不要进来坐一会儿？"

樱的话让海人笑得更灿烂了，他飞快地坐进了副驾驶座。

"真是谢谢您了，外面实在太冷了！"海人一边说着一边直打哆嗦。他这样子让樱无法说出"去店里坐吧"这样的话。

"没关系，他很快就会回来了，可能都用不了十分钟。"像是为了消除樱的顾虑一般，海人说道。

樱关上了刚才不得不打开一道缝的驾驶座的车窗。

"其实我们现在正在工作中，在我同事回来前的这十分钟的时间里，您愿意听一下我们的工作吗？"

"啊？啊……好吧。"

海人察觉到了樱的警惕，但依然继续说道："非常感谢！我是……"海人礼貌地点头，并递上自己的名片。

"时光胶囊株式会社的古川先生？"

"经常会有人搞混，我叫吉川。"海人苦笑道。

"不好意思，吉川先生。"樱十分郑重地道歉。

"你们公司是做什么业务的？"好像是害怕话题被打断后无法继续一样，樱紧接着问道，可她说话的方式还是会让人感到一定的距离感。

"我们公司的业务是为客人保管寄给未来自己的信，不管是五年后还是十年后，我们都会在指定的时间将信送到收信人手中。我和刚才那位同事负责的是配送信件。"海人一边观察樱的反应，一边尽可能用温柔的语气说着话。

"为什么不用邮局？"

"我们一般会先使用邮局将信寄往客户预留的地址，不过因为已经过了许多年了，有些收件人可能已经不住在信上的地址了，所以会出现无法签收的情况，这时我们就需要亲自送信。"

"原来如此。"樱使用了不会让对方感到不礼貌的社交辞令。

海人看着樱的脸，沉默地微笑着。

樱的心开始有些慌乱。

海人像是看透了她一般："是这样的，其实我们今天的工作就是来见您的。"他一边说着，一边从西服口袋中取出了信。

坐在驾驶座上的樱，身体不由得向后躲闪，她惊愕地看着海人和他手里的信。

"十年前，在中学毕业典礼上，您给十年后的自己写了这封信，您还记得吗？"

樱拼命回想着，但是眼前的状况让她感到有些恐怖，她的呼吸也跟着加快了："我不记得了。不过信封上确实是我的字迹，所以应该是那时写的，但是，你们为什么会知道我在这里？"樱的声音中含着愤怒。

"您是想问为什么我们会在这里吗？我们公司有专门的调查组，不管收信人在哪里都能调查出来。这是我们公司的特色业务。"

"也就是说，只要调查就很容易知道我在哪里？"

"不，实际上很难……"

没等海人说完，樱就一把夺过了海人手里的信。

"我需要离开这里吗？"海人有些慌张地问道。

"不必。"樱干巴巴地回答。她毫不犹豫地拆开了信。

海人没有看到信的具体内容，只看到字写得十分规整认真。他将脸转向窗外，看着窗外的飘雪，等着英雄回来。

森川樱
/北海道·苫小牧

致十年后的我：

你还好吗？

我已经要从南中毕业了。我非常喜欢这所学校，也非常喜欢这里的人，在这里度过的每一天对我而言都是珍贵的，所以我非常不想毕业。虽然已经过去了十年，但我相信十年后的我，依然能理解我现在的心情吧。

不过，也许十年后的我，已经忘了在这里的每一天，忘了我是怀着怎样珍重的心情写下的这封信。

最后，我还是决定去上大阪的私立高中了。为什么会这样？我相信你也知道吧。至于这个决定是好是坏，我相信你现在应该很清楚了吧。虽然感觉很奇怪，但真希望十年后的我能够告诉现在的我"这个决定很不错"。

我和谁都没有提起过我的梦想，但既然你是我，应该会知道吧，我想成为国际航线的空姐。为此，我在别人玩的时候认真学习，比别人多花一倍的精力来学习英语。虽然别人会一边说着"森川好认真啊"，一边觉得我傻，但无论如何，我都想成为国际航线的空姐。我会为自己加油打气的！但是这件事我对任何人都没有说过，不管是朋友还是亲人。

班级里只有芹泽在大家面前说过他将来的梦想，他说他想成为明星。他说完后大家哄堂大笑，我也一起笑了。

"你要是能做到，任何人都可以做到了。"

"如果连你都能成为明星，那我就能成为超级巨星了。"

这样的嘲笑声不绝于耳，但芹泽只是说了一句"你们适可而止吧"，然后也跟着大家一起笑。虽然我也跟着一起笑了，但是我对芹泽的敬佩油然而生，觉得他好厉害啊！我就没有他那样的勇气。一开始，我只是怕别人说我不行，但是最近我发现我害怕的却是：如果没法实现梦想，实在是丢面子。

即便如此软弱，我也不想认输，所以我写下了这封信，向你发誓：将来我一定要成为国际航线的空姐。为此，我一定会努力的！

我期待十年后的我，可以一边微笑着读着这封信，一边告诉我梦想已经成真。

十年后再见！

森川樱给森川樱

樱看完信后深叹了一口气，她合上信纸。

"这都什么啊……"

海人静静地问："这封信让您感到高兴吗？"

"一半一半吧。"

海人露出一个稳重的微笑："我送过信的大多数人，即使他们收到信时并不高兴，但后来他们都会说很高兴在那个时间点收到了信。"

樱苦笑道："也许是因为那封信，让他们的人生再一次改变了吧。"

"这很难说啊。毕竟每个人接到的信内容不同，现在再读对它的诠释也会不同。"

"也就是说，那封信让他们想起了过去的梦想和热情，让他们觉得现在自己的生活并不如意，于是想要改变自己的人生。等他们真的这样做了之后，有一天幸福降临时，他们就会想起那时接到的那封信，想到如果没有那封信就没有现在的幸福。正是因为那一天已经到来了，所以才会觉得能收到信太好了。"

"当然，这样的人也有……"

海人的话好像还没有说完，但是樱接着说："但是，我做不到。"

海人沉默地看向前方。樱也坐在驾驶座上看着前方。挡风玻璃上蒙了一层白雾，除此之外，只有夹风带雪的海风撞在玻璃上。不知不觉间，拉面屋门前的街道上此时已经堵满了汽车。

过了一会儿，海人听到了樱的抽泣声："不要看我现在这样，初三时，我还是学生会会长，是学习很好的优等生。"

"看得出来。"海人平静地回答。

"我那时的梦想是成为国际航线的空姐，为此我拼命学习英语……但你也看到了，二十五岁的我现在已经结婚了，还在拉面屋打着零工。"樱的脸庞布满了泪水，"那时，我对自己充满信心，认为我可以做到任何事情。我对那时的自己感到抱歉，因为我觉得我再也不会有那种感觉了。现在……在这个世界上，我最不能相信的就是自己，我不配拥有幸福。"

"没有人不配拥有幸福。"海人温柔而坚定地说道，"可能您觉得，是因为自己的过错才导致了别人的不幸，这种负罪感让您这么想。"

樱有些震惊，海人明明什么都不知道却能洞察人心。她张着嘴愣在那里："但是……但是就是因为我的错……"

"虽然我并不知道发生了什么，也不能说不是您的错，但起码不只是您的错。这世上之人都会给别人添麻烦，让别人痛苦，但正是因为可以抱着这份歉疚继续前进、继续生活，人们才会变得越来越温柔。"

"我并不温柔。"

"不，您已经变温柔了。森川小姐之所以不再相信自己，是因为过去的自己不仅不会给任何人带来麻烦，不会让人讨厌，还坚信自己可以一直这样生活。您有强烈的正义感，因此不能原谅那些给别人惹麻烦、撒谎、令人讨厌的人。然而，当您也觉得自己会给别人添麻烦、会撒谎、会让人厌烦，不，应该说，您终于察觉到了，您觉得自己和那些无法被原谅的人一样，觉得自己才是世上最没有信用的人，所以您才变得没有自信。"

樱震惊地看着海人，她的眼睛因愤怒而瞪得很大："你查过我的事情？"

海人摇头："只知道一点儿……但我知道您在想什么。"

樱看着海人没有说话。

"因为大家都一样。"

"大家……都一样？"

"对，大家都一样。不再信任自己的人，最初都不喜欢、无法原谅和信任那些制造麻烦或折磨他人的人。然而，有一天，当他们突然意识到自己比那些人给别人造成了更多的痛苦、伤害时，就会感到更加痛苦。如果您认为只有您有这种想法，您就会像是被一个奇怪的占卜师愚弄了一般。"海人开了个玩笑，"不过我认为您没必要为此感到痛苦。这不是刚好证明了，森川小姐您已经比曾经的自己更能靠近更多人的情感了吗？这也说明您已经变得温柔了。"

樱慢慢睁大眼睛望向海人："你知道我的事情？"

"我只知道目前您在这里工作，结婚后您改姓了'本田'，还有就是……"海人停了一下，"您私奔了。"

樱的脸上浮现出自嘲的表情："现在像我这样为了感情不顾一切的很少了，不是吗？我和现在的丈夫是高中同学。高中毕业前我们就开始交往了。后来，他上了医科大学，我在另一所大学读英文。没过多久，他的梦想却变成了想要经营奶牛农场。当时我加入了一个俱乐部学骑马，因此他也开始骑马，他就是从那时开始萌发了想和动物一起生活的梦想。他父母知道后很生气，因为他们想让他继承家里的医院，他们认为他现在的梦想不切实际，而且他也放松了学习。他们觉得这一切都是因为我，所以不允许我们再继续交往，但我们当时并不想分手，于是我们决定瞒着他的父母继续交往。"

樱表情痛苦地继续说道："为此，我们不得不撒了很多谎，那时候为了和心爱的人在一起而对父母撒谎，也不会有负罪感。一开始只是撒一些小谎，比如，去参加大学同学聚会，去研究小组学习等，但是，一个谎言总是需要用更多的谎言来掩盖。不知从何时开始，我们就活在了满是谎言的生活之中，甚至后来我们发现自己竟然可以张口就撒谎，这让我们都稍微有了一些压力。以前不管是在初中还是高中，我们都是优等生，根本不屑于撒谎，这样骄傲的我们不知从何时开始，竟成了谎话连篇的人。意识到这一点后，我们都感到很痛苦。就像吉川先生刚才说的那样，我曾经最讨厌那些谎话连篇的人，我看不起他们，甚至还会出言责备。当然，那时候我也不知道自己竟然会成为这种令自己都觉得讨厌的人，但我还是撒了谎。意识到这一点后，我变得越来越没有自信，这种压力最终造成了我们之间的嫌隙。不是我们不相爱，而是我们无法忍受为彼此付出的行为所带来的罪恶感，所以最后我们分开了。"

樱沉默了一会儿后说道："后来，他和父母介绍的其他女孩开始交往。我那时早已放弃了想要成为国际航线空姐的梦想，我的梦想变成了和他永远在一起。我想帮他一起经营农场，当时我以为我们会一直在一起。和他分手时我已经临近大学毕业，本来已经有一家公司录用了我，但我没有去，我又去读了一所专科学校，开始努力成为空姐，因为我觉得如果不这样做，我就无法忘记他。大概过了半年，那时我已经放下了过去，开始了新的生活。有一天，他突然出现在我家门口，他告诉我他想和我在一起，他说他已经抛弃了父母和家乡，想和我一起做乳制品，他想和我重新开始。我当时觉得无论未来如何都没关系了，只要能和这个人在一起，其他所有的一切我都可以抛弃，能跟这个人在一起比什么都重要，所以我答应了……"

樱露出怀念的神情，透过挡风玻璃，她望向外面阴云密布的天空："一周之后，我们离开了大阪。"

樱自嘲地笑了一声："我们的故事是不是像电视剧里的剧情一样？我开始也这么觉得，并沉迷于那种感觉无法自拔，但现实和电视剧是不同的，那不是一个故事的美满结局，而是一个开始，和现实做斗争的开始。一开始我为自己能有像电视剧中的女主角一样的经历而兴奋不已，直到后来，我逐渐了解到我们分开之后他家的事情，我才幡然醒悟。"

"我们分手后，他又有了女友。他们是以结婚为目的的交往的，而且婚礼的筹备和结婚日期都已经订好了，连邀请函都发出了。就在结婚典礼的前三天，他来找了我……我觉得我践踏了那个女孩的幸福。"樱停顿了一下，接着说："从那天起就是我痛苦的开始。不知道什么原因，只要我稍微高兴一些，我就会强迫自己冷静下来，虽然我从来没有见过那个女孩，但我想她应该仍然活在痛苦中，所以我觉得自己不该快乐。我丈夫也许更痛苦，他比我更认为自己不配得到幸福，从我们同居开始，他即使在笑的时候也是一脸悲伤的表情。周围的人也说，曾经那个像太阳一样微笑的他已经不在了，这都是和我在一起的缘故，是我把他变成现在这样的。"

"森川小姐。"海人大声打断了她的话，"您知道现在是何年何月吗？"

"啊？"被突然改变了话题，樱不得不重新思考，"当然知道啊。"

海人微笑道："但是您刚才所思所说的都不是现在的事，也不是在这里发生的事。"

樱苦笑道："也许吧，我的时间像是停在了过去。"

森川樱
/北海道·苫小牧

　　"可能您会觉得有些陈词滥调了，但我还是想说，为什么
不活在当下呢？我知道这很难，但是，如果您能专注于活在当
下，也许过去和未来都会有所改变。"

　　樱嗤之以鼻："也许未来可以改变，但过去怎么可能改
变呢？"

　　"过去存在于哪里呢？其实过去只存在于森川小姐您的记
忆里，但是随着时间的流逝，有些记忆会变得模糊，而有些记
忆会被您不断强化，被您不断向'真的发生过'去改变。"

　　"即便您这样说，我在感情上依然无法原谅我自己。"

　　"我知道。您不用试图去原谅过去的自己，但是您可以试
一试这个办法：当您感到被过去占据了整个心灵时，可以先深
呼吸，然后告诉自己要专注于当下。因为不是在考虑是否值得
获得幸福，所以应该不会让您有负罪感。这个方法能帮您把过
去和现在的自己、现在和未来的自己分开，这样就一定能改变
未来。而且，那时您就会发现也许过去也被改变了。"

　　"专注于当下，从而改变未来，然后还能改变过去？"

　　海人点了点头："是的，将过去和未来分开，只专注于
当下。"

　　"只专注于当下……"

　　"与其沉溺于过去，不如珍惜眼前人。也许之前没有人对
您说过，所以您不知道，其实您也是值得获得幸福的。"

　　樱的眼中涌出泪水，仿佛她一直在等待着谁来跟自己说

"其实您也是值得获得幸福的"。眼前的年轻人看上去比自己还要年轻，但是却对她说："其实您也是值得获得幸福的"。

海人的话仿佛给了樱活下去的希望。

"过去自己的种种行为，都是今日您的温柔和谦逊的源头。正是因为有了那样的经历，现在的您更加理解别人的痛苦，才成了更温柔的人，所以，说什么自己不配得到幸福，真的很奇怪呢。"

樱流着泪，微微点头。

"当然，我知道接受这些也许需要时间，但当您感到痛苦或恐惧时，可以试试专注于当下，然后把过去和未来分开。那样的话，未来一定有一天，您可以战胜那些痛苦和恐惧，如果是那样的话就太好了！总有一天您会相信，自己的人生没有错。"

"对于您所说的那位女子，我认为她也有必要反省一下。其实，发生了这样的事情并不是您的错，她自己的人生由她自己负责。如果您认为这是您的责任，其实会有些傲慢，有些想得太多了。我们都应该学会从痛苦的经历中反省，学习如何重新振作起来，通过不断地打磨自己、积累经验，最终变成更为优秀的人。总有一天，她会感谢这些痛苦的经历的。因为正是这样的经历，才让她拥有了今天的幸福，也许还遇到了更好的人。"

樱的眼泪止不住地往下流，她无声地点了点头。

"总有一天，您会变得毫无负担，会感觉像在春日清新的蓝天下奔跑一样快乐，那一天一定会到来的。那么，如果那一天到来了，您能告诉我吗？"

樱用袖子擦了擦眼泪："如果那一天真的会来，我一定……"

"会的。我觉得您可以不用再使用'私奔'这个词，因为听起来很负面，您可以试试用'北上'这个词。"

樱破涕为笑："吉川先生，如果只是把信交给我您的工作就完成了，为什么还要费心和我说这些话？"

海人有那么一瞬间，流露出了悲伤的表情，然后很快他又恢复了微笑，回答道："对不起，因为你们太像了。森川小姐和我姐姐。所以……"

"您的姐姐？"

"话说，我的同事也有些太慢了吧？"海人换了话题。

樱也想了起来："还真是。怎么会这样呢？"

"怎么会这样呢？"海人重复了一遍她的话。他看了一眼表，英雄已经离开三十多分钟了。其实，刚才海人一边和樱说着话，一边就在隐隐担心着还没有回来的英雄。

"啊！"樱看着拉面屋停车场的入口处叫道。

海人也终于安下心来："他回来了！"

两辆车连接上增压器和电缆后，同时启动了发动机。

"您真是花了不少时间。我以为您五分钟就能到我们来时看到的汽车店，而且我以为您只会借电缆……"

此刻在他们面前工作的是汽车店的工作人员，他正在把樱的车和自己店里的车连起来。

"我本来是想那样做的，但在我等红绿灯时我们租的汽车突然熄火了。"

"啊？"

"是电池出了问题。"

"所以刚才出口那里才会变成那样吗？"

"变成什么样？"

"去往千岁方向的车道似乎被堵了。"海人笑道。

"这可不是什么好笑的事情啊。是因为咱们租的车电池没电了……"

"然后呢？"

"我别无选择，只能在那里下车，然后走着去了。"

"在这暴风雪中？"海人惊讶地看着英雄。

"没跟您开玩笑，当时我以为我会被冻死，但我确实是走过去的，还穿着这么一身衣服。我到汽车店后跟店员说明了情况。然后，我先找了一辆车把我们租的车拖到租车店充电。我想着这辆租来的车电池挺差的，所以可能无法为森川小姐的车充电，我就又和汽车店的店员说明了情况，他们才过来……真是，太不容易了！"

"租车店那边呢？"

"我已经联系过了，现在他们正在把另一辆替用车送过来。"

海人看着一边说话，一边直打哆嗦的英雄说道："您想不想吃拉面？"

"想！不过话说回来，我走之后，您那边怎么样了？还有，我想在这里住一晚可以吗？"

"可以，我们在千岁住一晚也好。"

"我刚才看到了一家优衣库，等处理完这些事，我要去买一件发热内衣。"

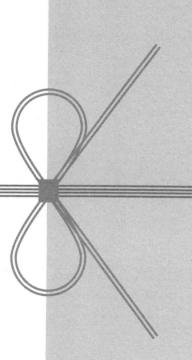

芹泽将志

＼ 纽约·曼哈顿

十年前から
やってきた
使者

"话说回来，您什么时候取的票？"

"前天，我们住在千岁的宾馆的时候。我本来还担心能不能赶得上，结果还真赶上了！"

"是 ESTA[1]？"

"嗯？您以前去美国出过差吗？"

"去过，但是那时候手续都是交给别人办的。"

"原来如此，以后可能就需要您亲自去取了。没有这个就不能去美国。"

海人将文件和飞机票收好后，给英雄报了一下他的座位号："36A。"

随后，英雄和海人进入了安检通道。

---

[1]ESTA 是 Electronic System for Travel Authorization（旅游授权电子系统）的简称，是提供给免签前往美国的申请人填写的信息系统。——译者注

"真没想到我们还要去美国……"

"我们的工作就是去收信人所在的地方，无论他在哪里。其实这一次还好，毕竟日本到美国纽约的曼哈顿有直达的航班。相比之下，还有很多令人咋舌的地方，比如那些不得不转机多次才能到的地方……"

英雄打了个激灵："听上去有点儿可怕，您还是别说了。话说，我的座位是 A 座，组长您想坐在窗边吗？"

"谢谢，但我喜欢坐在过道这一侧。"海人一边说着一边给英雄看了看自己的机票，"36C。"

"不是 B 座啊？"

海人微笑着说："前天买票的时候，我看到还有一些空席位，所以就挑了 A 座和 C 座。这样的话，即使有人选了我们之间的 B 座，到时候我们就用 A 座和他换座，我觉得一般人都会很高兴地答应的。如果我们直接选了 A 座和 B 座，位于过道这一侧的 C 座一般有很高概率会被选中，而位于我们中间的 B 座，只有在所有的 A 座和 C 座都被挑走后才会被选。"

"原来如此！"英雄感叹道。

"前天我看到我们之间的 B 座还是空着的，所以如果被选了，那也是昨天或今天取票的人选的。我猜选择这个座位的应该是经常旅行的人。对了，您会说英语吗？"

"啊……多少会一些。"

"太好了！那如果谁选了我们之间的 B 座，就由您来跟他说换座位的事情吧。"

"好的。如果是这种简单的英语用语，我还是能派上用场的，您放心。"英雄笑着说。

两人顺利过了安检。

"只为送一封信，就一定要去美国吗？如此大费周章，我们公司真的能赚到钱吗？"

"如果不管去哪儿，都一直是两个人一起的话，当然就赚不到钱了。不过，现在是因为在带您熟悉工作，所以我们两个人才会一起行动。正常情况下，一般都是一个人去的，所以成本相对来说没有那么高。"

英雄不自觉地叹了口气："一直都是一个人的话，还是挺累的吧。"

海人微笑着："您慢慢就会习惯了。"

"那在我开始自己的行动前，我还是想问一下，我能不能看看您那个公文包里的资料？"

"收信人的个人信息我们必须非常谨慎地处理。原则上必须确保每份文件只有一个送信人可以看到，但如果资料对您开展工作有用的话，总部应该会为您准备另一份相同的副本。这就是为什么……"

"这就是为什么我不能看，是吧？"

海人点点头："当然，当您开始自己单独行动时，总部也会为您准备需要提前阅读的资料的。到那时，请您一定要确保那些资料只有您自己能看到。"

"啊，好的。那既然现在我们要去纽约，您是不是能告诉我，我们要去见谁？"

"这样的信息当然可以说。我们要去见一位叫芹泽将志的男士。他的年龄也是二十五岁。他是森川樱和岛明日香的同学。"

"啊……"英雄皱着眉头看向远方，"我好像在哪里听过这个名字。"

"芹泽将志是几年前一位有名的演员。"海人不动声色地说道。

"啊！！"英雄大叫道。

"是电影《春日和洋辅》中洋辅的扮演者！"英雄的目光像孩子一般闪亮。"不瞒您说，我对这部电影有一种特殊的感情。其实来应聘的那一天，我还在看这部电影！"英雄看起来很兴奋。

海人却脸色一变，好像要说些什么，却又立刻恢复到了之前的面无表情。"是吗？那还真是巧了，我也对那部电影有一种特殊的感情。"说完海人站了起来，"我们登机吧。"

"好，好的。"

马上就能见到出演自己喜欢的电影的男演员了，英雄为这种奇迹般的偶然感到兴奋，他有些手舞足蹈地走在海人身后，向登机口走去。此时 36 排一整排都还没有坐人，36B 座理所当然也是空着的。按照机票上标示的位置，英雄坐在了窗边，而海人则跟他隔着一个座位坐在了过道这一侧的座位上。不一会儿，乘客们陆陆续续地落座，英雄和海人中间的位置依然空着。英雄环顾四周，他发现确实窗边和过道这一侧的座位都坐着人，只有中间有一些座位是空着的。

"不会有人来了吧？"

正当他这样想时，突然一个走在过道上的年轻人和他四目相对，那个年轻人手里拿着机票，眼睛望向海人和英雄之间的座位。察觉到对方想要进去后，海人立刻站起身让他过去，年轻人对海人笑了笑。他看起来像日本人，于是英雄用日语问道："对不起，您方便和我换一下座位吗？"

年轻人却完全无视了英雄的询问，直接坐在了他旁边的座位上。

英雄以为他没听到，于是又稍微提高了一下音量："Excuse me？"为了以防万一，英雄还用英语问了一句，却依然没有得到任何回应。英雄感到很奇怪，这个年轻人明明刚才还对为自己起身让路的海人礼貌地微笑点头。

年轻人将胳膊放在座椅的扶手上时，恰好碰到了英雄的手，他慌忙将胳膊拿开，并躬身向英雄道歉。

英雄微笑着又一次问道："您愿意和我换一下座位吗？"

年轻人用食指指了指自己的耳朵，然后又摆了摆手。

"听不见吗？"英雄终于明白了对方不理他的原因。

"啊，那个，我们可以换一下座位吗？您看，我和坐在那边的人穿着一样的制服，我们是同一家公司的，所以，您愿意和我换一下座位，坐在窗边吗？"英雄一边慢慢说着，一边用手不断比画着。

年轻人立刻明白了英雄的意思，欣然起身，跟他换了座位。之后，飞机舱内的扬声器里响起了搭乘广播。

芹泽将志看着出租车窗外一闪而过的 711 便利店。司机似乎是一个来自南亚某个国家的人，他的英语发音很差，将志完全没有跟他聊天的欲望，虽然他自己的英语发音也不是很好。

很快，出租车就停在了一座公寓前，将志下车后走到门口，他打开了公寓的门，一进去上了楼就是他的房间。自己房间的钥匙和公寓大门的钥匙是不同的。因为穿的牛仔裤太紧，他很难把房间钥匙从牛仔裤口袋里拿出来，在掏钥匙的时候，将志听到走廊对面房间里有位母亲正在对着孩子大声喊叫。终于，他掏出钥匙，开门进了房间，但那位母亲的叫喊声即使隔着门也听得一清二楚。

将志打开灯，将钥匙扔在厨房的操作台上，他走到面向街道的窗户旁，窗帘是拉开的，从窗户外面可以看到屋子里面的一切。

窗户下面是克里斯托弗街，街道对面商店的男店员正站在门口望着来来往往的行人，他总是在那里望着人群。

将志移开了视线，拉上窗帘，然后回到了厨房。他从冰箱里拿出一罐啤酒，紧接着就躺倒在沙发里了。

他在曼哈顿已经生活半年了，却感觉自己从未融入过纽约这座城市。在这里的头三个月，他还住在宾馆里，但最近三个月，他租到了一位朋友的房子，这位朋友是一位来自希腊的摄影师，名叫安东尼奥。安东尼奥告诉他自己要去欧洲出差，如果他不介意，可以住在自己的房子里。然而，安东尼奥下周就要提前回来了，因为比原本他们约定的时间要早，所以将志不得不尽快做出选择。从这个房子搬出去后，继续住宾馆对他来说也不现实，毕竟他已经没钱了。如果找其他的住所，那就要从现在开始找公寓，或是直接离开纽约，去好莱坞或其他地方……实在不行就回日本。

当然，如果这次他的试镜通过了，或许还能有其他选择。不过，这半年来他不断试镜，却没有一次能通过，明天是他最后一次试镜了，他还得以现在这样糟糕的状态参加。如果明天试镜失败，他就不得不离开纽约了。

将志拿着啤酒罐，看着白色壁炉上的照片。那是几年前他得到最佳新人奖时在颁奖典礼上的照片。

"真想再一次站到颁奖典礼的舞台上，这次我要站到美国的舞台上去。"将志一边看着照片，一边自我鼓励道，但其实如今他的内心对这种需要不停变强的生活方式充满了质疑。

将志叹了一口气，将罐中的啤酒一口气喝干了。

　　这时，隔壁大楼一楼酒吧里音乐的喧嚣声，传到了二楼将志的房间里。他最终还是习惯了这种通宵达旦的喧嚣。

　　海人和英雄下了飞机后，立即叫了一辆出租车。

　　"您手里拿的是什么？"海人看着英雄的手问道。

　　"哦，这是刚才坐在我旁边的年轻人给的。"英雄手里拿着一张红色贴纸，上面印着"No Book No Life"。

　　"他喜欢旅行，即使他耳朵听不见，但只要有时间和钱，也还是可以周游世界的。他的行李少到都能随身带上飞机。"

　　"哇。"海人由衷地说道，"即使他没法说话，您也能知道这些信息？"

　　"是挺不可思议的。原来即使不用通过语言交流，也能交换很多信息。这个贴纸就是他为了感谢我给他让了窗边的座位而给我的，我觉得他应该是这个意思。"

　　"原来如此。接下来，希望我们能马上见到芹泽将志先生……"海人脸色紧绷。

　　"真是不可思议，我竟然能见到那个芹泽将志，而且还是在美国！"

　　海人没有接英雄的话。

　　"我和妻子分居前，最后一次一起看的电影就是《春日和洋辅》。"英雄一边眺望着窗外一边说，"那部电影是四五年前上映的，但原著实际上是十年前写的。我和妻子都是原著的粉丝。其实那部小说讲的不仅仅是一个爱情故事。当初也正是因为读了那部小说，我才创办了公司。我想我妻子同意我创业多半也是因为它。"

"后来，我的公司快要经营不下去了，刚好那时这本小说影视化了。我那时为了公司能继续经营而心力交瘁，完全不知道这件事，还是我妻子知道后叫我一起去看的那部电影。如果是其他电影我当时应该就拒绝了，但是这部电影，可是由那部对我们两人都很重要的小说翻拍的，所以最后我还是答应去看了。"

"这部电影真的拍得很棒！原著粉们往往会对翻拍的电影非常不满，但这部电影却不是。在看电影时，我被演员的表演深深地吸引了，并在不知不觉中忘记了工作上的烦恼，完全沉浸在电影的世界中了。从那时起，我就开始喜欢这部电影里面的演员了。"

"我还记得，芹泽将志那时刚刚因为前一部作品获得了最佳新人奖，因此备受行业内外的关注。对了，电影《春日和洋辅》好像当时受到评论家的一致差评，但我们觉得还不错。不过，最近也没怎么在电视上看到他了，也没有听到过他的相关消息了。我还想他最近怎么了呢？原来是来纽约生活了。像这样给名人送信的事常有吗？"英雄像自言自语一般不停说着，看样子是真的很激动。

"不常有。我也是第一次给名人送信。"海人比以往更冷静地说。

相比之下，英雄对此的反应就显得太浮夸了，于是他刻意放缓了语速道："这样啊，果然只是个巧合。"

"是啊。"海人仍旧看着窗外，"请不要太兴奋。毕竟我们不是作为粉丝来见芹泽将志先生的，我们只是来给他送信的。"

"好的，明白。"英雄表情有些僵硬，他转头看向海人。

"穿过这个隧道我们就到曼哈顿了。"挡风玻璃外，是矗立在夕阳下金碧辉煌的摩天大楼群。

英雄站在砖楼公寓前。

"是这里的二楼吧，要去按门铃吗？"

"嗯，按吧。他应该不会出门，但也不能确定公寓里面现在就一定有人。"说着，海人走到公寓对面的人行道上，穿过一条狭窄的单行道后，抬头看向二楼，发现紧闭的窗户被窗帘遮得严严实实。

英雄按了几次门铃，都没有人应答。

海人看了一会儿，又回到了英雄身边："他好像不在家。"

"那我们接下来怎么办？"

"别无选择，只能等了。"

"那边有个酒吧。"英雄指着公寓斜对面的一家店。

海人看了一眼表，此时还不到下午六点。"他一定会乘坐出租车回家，车子一定会停在公寓门口，所以我们必须在这里等。"海人再一次打量了一下街道的布局，"没办法，看来我们只能去那家店里等了。"

就在他们准备去那家店时，公寓门口停下了一辆黄色的出租车。从车里下来的人正是将志。

"新井，是芹泽将志！"海人边说边反身往回走。此时已经进了店的英雄慌忙退出来，然后跟着海人一起朝芹泽将志追了过去。

将志结完账下车后，眼前就已经站着一位身着一席白色西服的年轻人了。看样子是日本人。

"芹泽先生。"

被叫了名字的将志露出不悦的神情。即使是在纽约，从日本来的游客有时也会认出他。虽然他们通常不会和他打招呼，但他知道他们在议论自己。将志离开日本本来就是为了逃避总被人围观带来的不便，这和他想在美国再次成为明星的梦想似乎有些矛盾。他高中毕业后偶然参加了一个剧团的演出，然后就被星探看中了，不知不觉中他成了电视剧主角、电影主角、明星，除此之外，他完全没有从事其他行业的工作经验。狂热的粉丝有时会追到他住的地方。在日本时，他就多次被粉丝追查到住所，所以才不得不频繁搬家。对于在日本的一座小岛上长大的将志来说，这些骚扰是难以忍受的压力，但他从未想过竟还会有粉丝追到纽约来。

"能不能别追着我？"将志冷淡地说道。他直接无视了海人的示好，走到了公寓的门前。

"我们是特地为了见您从日本来的。"

"但是这真的令我很烦恼！"将志的语气十分不友好。紧接着他刚好看到了同样打扮的英雄。他赶紧打开门，想迅速冲进去。

"您不记得我了吗？"

海人此刻平静的语气，让将志觉得他好像和自己的粉丝有所不同。他愣了一下，随后盯着海人看。

"四年前，您是唯一一位站在我姐姐这边的人。"

随着海人的话，将志的表情开始变化。"哦……"将志不由自主地说道，"您是……她弟弟……"

"吉川海人。"

英雄站在稍远一些的地方，静静地看着他们交流。

"您为什么会在这里？"。

"工作。"海人一边说着，一边递给他一张名片。

"时光胶囊株式会社？"

将志读名片的样子，让英雄感觉自己就像在看电影。

"芹泽将志先生，您在十年前给现在的自己写过一封信，我就是来给您送这封信的。"说着，海人将信递了过去。

将志一边接过信，一边环顾四周："我们别站在这里说话了，进来吧……"

海人点了点头。虽然英雄对当下事态的发展感到诧异，但他还是默默地跟了上去。

　　公寓进门处是居民公用的垃圾桶，后面是楼梯，楼梯很窄，都容不下两人错身。刚走上楼梯几步，将志就对英雄说道："后面那位……"

　　"我叫新井。"

　　"新井先生，请把门关上。"

　　"好的。"英雄紧张地回答。

　　三人陆续爬上了只够一人通过的楼梯，他们都停在了右手边的第一扇门前。这时候，从对面房间传来了孩子的哭闹声和母亲的责骂声。

　　"总是这样。"将志苦笑着打开了房门。房间的布置看起来像旅馆一样，除了家具以外，日用品少得可以直接堆放在厨房的操作台上，整个屋子没有什么烟火气。

　　"这是什么？"

　　将志拿着之前接过来的信，在客厅的沙发上坐下。海人和英雄从一进房间就一直站在厨房的操作台旁。海人解释道："十年前，为了纪念初中毕业，您给十年后的自己写了一封信。"

　　"所以这是我写的信？"

　　"对。"海人点了点头。

　　"您的意思是，您的工作就是送信，只是碰巧需要给我送信？"

　　"是的。连我自己都不敢相信，真是巧啊。"

　　"真是令人难以置信的巧合……"将志一边喃喃自语，一边打开了信封，与现在完全不同的笔迹出现在他眼前，这就是他以前的笔迹，毫无疑问，这确实是他自己写的信。将志苦笑着读了起来。

Hallo，十年后的我：

当你读到这封信时，"芹泽将志"这个名字，在日本是不是已经家喻户晓了？

我希望我长大后，可以变得超级有名，能经常出现在电视或电影中。我想赚很多钱！

这就是我的梦想：成为超有名、超有钱，既可以报答父母，又能被大家公认的成功人士。我一定要成为这样的人，所以我把梦想告诉了大家。

怎么样？十年后的我，你对我所期待的那样的生活还习惯吗？还是说你还在努力中？无论如何，你都要加油啊！

十年后的我，你一定会感谢现在的我的，因为我会从现在就开始努力。

希望你能过得幸福！

再见，十年后的我。

芹泽将志

将志哼笑一声，然后把信还给了海人："我以前可真是无可救药的白痴。"将志似乎在示意海人"读读它"。

海人接过信，默默地读了起来。

"在拼错'hello'这个单词时，就意味着一切都完蛋了。"将志自嘲一笑。

海人看完后却没什么表情，只是默默地把信递回给了将志。

对方粗暴地接过，将信随手扔在沙发前的圆桌上。

"看看我现在……"将志开始自言自语，"我敢肯定很多人都有这种想法。想要成名、出演电视或电影、成为公众讨论的对象、赚钱……很多人都在以此为目标而努力着。"

"而您如愿得到了这一切。"海人静静地说道。

"是啊，我在极短的时间内就得到了这一切。您知道吗？很多了不得的事情真的会在一瞬间发生，可一旦发生了，就会变得一发不可收拾，像雪崩一样。我就是这样一夜成名的，连我自己都觉得恐怖。当时热播的电视和电影中到处都是我演的角色。等我反应过来时，发现已经回不去了。当然作为回报，我得到了很多钱，但这不是我的目标。"

海人眼含悲伤地听着这个故事："我觉得您太过较真了。"

"我？"将志苦笑了一声。

"您其实不必接住每一个扔向您的'球'，但您却一直在努力做到这一点。"

将志面无表情，沉默地注视着前方。

良久，海人打破了沉默："我姐姐也是。"

将志点了点头，他起身走到窗边，拉开了窗帘，他看着楼下酒吧门前聚集的年轻人："我曾经拼命想实现我的梦想。我相信如果我能实现梦想，就一定会得到幸福。从小我就只相信那句话，'不要放弃梦想，不放弃就一定能实现'，但从来没有人告诉过我，梦想成真后应该怎么生活。我非常努力地实现了我的梦想，却从来没考虑过梦想实现后我应该怎么生活。

"那场舞台剧让我有机会能够出演电影，而我初次饰演的电影角色又是一个个性很强的人物，所以比主角的热议度还要高，不知不觉我就被邀请做了电影的主演。我以为我真的做到了，我成了人生赢家。

"但在那部引起热烈反响的电影之后，由我主演的电影全都口碑崩盘了。紧接着，每个人都开始责备我，媒体上到处都是'芹泽将志短暂的黄金时代已经结束'这样的标题，而我接到的下一份工作自然也就不是主角了。世界上最难赶上的就是潮流，错过了潮流的人就很难再有机会了。我已经完全过气了。二十岁时梦想成真，没想到二十一岁就跌入了人生的谷底。

"从此以后，不管我再怎么努力，再怎么打磨自己的演技，都没有人再说过我的好。环顾四周，我身边的很多人都有同样的感受，仔细观察就能发现，我周围的人都在不断地与害怕不成功的恐惧做斗争，而这些人竟都是大家羡慕的名人。我开始不理解，到底什么才是成功、什么才算得幸福。如果我出名了，赚了很多钱，那我就算成功了吗？我就一定会幸福吗？那时……"

"别说了。"海人温柔地笑了笑。

将志转身看向海人："您已经振作起来了，还是已经接受现实了？"

海人仿佛被噎住一般，但又慢慢地笑了："'不要记恨任何人，也不要讨厌人类'，这是我父亲的遗言。不管是振作起来，还是接受现实，对我来说都很难，但我一直都在思考'怎样才能过得幸福'。"不知不觉间，海人的眼中已经噙满了泪水，"那就是努力活在当下。"

"努力活在当下……"

海人点了点头："最近我一直在想，人永远不知道生活中会突然发生什么，无论是声名赫赫之人，还是无名之辈。变故一旦发生，就很难再回到过去了。不管当下过得是好是坏，生活都有可能在瞬间被改变。光明与黑暗总是在不断交替，为了幸福，我们就只能努力活在当下。"

英雄因为思绪跟不上海人和将志的谈话，只能站在门口处默默地听着。最让他吃惊的是两人竟然认识。

"四年来第一次？组长的姐姐？"英雄感到他们的关系迷雾重重，但他现在唯一能做的就是静静地听他们说话。

"每天我醒来时只要还在呼吸，就证明我还活着。我会告诉自己，既然我还活着就意味着我仍然有活着的使命。虽然我还不知道我的使命是什么，但这意味着这一天我还可以燃烧生命，并在世界上创造一些新的东西。所以我会忘记烦恼、忘记恐惧、忘记过去和未来，只过好当下的这一天。这是唯一能让我幸福的方法。"

将志听着海人的话，只觉得浑身动弹不得。

"芹泽先生，您今天既然还活着，就说明您在自己的人生中还有重要的使命没有完成。"

"我还有使命……嗯？"

"刚才我来的时候，在第七大道的克里斯托弗街下了出租车，从那里往南看，可以看到一座高楼。"

"哦，那里是归零地的世贸中心一号大楼。"

"是的。如果您从那座大楼上面扔下一张纸，您能准确地预测它到底会掉到哪里吗？"

"不太可能。"

"是的，不太可能。同样不可预测的还有人的行为会导致的结果。人们总说早知道会有这样的结果，当初为什么要那样做？但这就像从归零地的世贸中心一号大楼上扔下一张纸一样，在它掉落前没人能知道它会落在哪里。如果不去看看落的地方，你是永远不会知道的。"

"那个时候，您的父亲对我也是这么说的。"将志微眯着双眼，望向远方说道。

"我父亲？"

"嗯。'台球桌上的球很多，你打白球的时候，说不定就能直接撞到目标球，但是之后，白球和最开始打到的球会撞到什么球都是无法预料的。什么球会因此落入袋中也无法预测，所以不要害怕击球。虽然不知道未来会发生什么，但决定打就去打，这就是人生。当你看到球落入袋中时，不必为你的行为感到后悔，因为你无法预测。'他是这么说的。"

泪水从海人的眼里涌了出来："芹泽先生，如果您回日本会怎么样？您活着是有使命的，为什么不充实地度过每一天呢？您不必担心过去的名声、人们的眼光或者其他人对您的评价。只要您还活着，我相信能充实地度过每一天，就是您人生中最幸福的事了。"

将志盯着海人的眼睛，终于笑了："你很坚强！"

海人摇了摇头："因为我知道自己很软弱，所以我没有记恨任何人，也没有讨厌人类。"

"知道自己很软弱吗……这样啊。"

"其实在做这份工作的过程中，我也曾遇到过写信的人过世的情况。当时有一位收信人已经亡故，我就只能将信转交给他还在世的父亲，听说他父亲在儿子去世后一直独自孤单地生活着。他很热情地对我和社长说了很多关于他儿子的回忆，但我根本无法专注于他的故事，您知道为什么吗？"

"因为您想快点结束吗？"

海人摇了摇头："因为他的鼻毛露出来了，而且有好几根……"

将志爆发出笑声："这真是……"

"是的，这种事情让人不得不在意。就算当时觉得确实不应该看那种东西，但我还是忍不住会去看。我拼命地想忍住不看，于是我将视线向上移，结果发现他耳朵里也有毛。虽然我觉得这很不礼貌，但我还是听不进他的故事，因为我的注意力全在拼命忍着不笑上。当然，这肯定不能跟他本人说，所以后来我才意识到，我其实是一个软弱的人。"

将志默默地想了一会儿，他似乎明白了海人想要说什么。短暂的沉默后，将志笑着点了两下头："我明白了，也许我也是，我和我讨厌的人一样……"他仿佛瞬间失去了所有的力气，整个人倒在了沙发上。

英雄眼睁睁地看着将志被海人说服。对他来说，将志和海人的对话简直像是电影里的场景。

"您竟然可以这么想了。"

"多亏认识了那个人。"

"这样啊，下次也让我见见他吧。"

"当然。"

海人和将志相视而笑。

英雄不知道两人过去发生过什么，所以不知道如何理解他们的谈话内容，但他知道今天的这次见面，对海人和将志来说都是意义非凡的。

"话说回来，我可以将您的这份工作叫'送信'吗？这真是一份了不起的工作！你们等了我很久吗？"将志走进厨房，从架子上拿出咖啡。

"没有等很久，我们刚到这里您就回来了。真是太幸运了。"

"那如果我不回来怎么办？"

"那我们就等到您回来。"

"真的吗？"将志看了看海人又看了看英雄，终于笑了，"那今天试镜结束后，他们让我早点回家看来是有意义的。"

"多亏了这样，我们才没有等很久，谢谢您。"海人微笑着点了一下头。

看到海人的笑容，将志也跟着笑了起来。

之后，海人和英雄在纽约住了四个晚上。

离开日本时，他们就预订好了往返的机票。丽子吩咐他们在那儿先住四晚，以防芹泽将志一直不回他的公寓。因为到达的当天就见到了他，所以从第二天开始他们就可以在纽约整整观光三天。然而，海人每天都要独自出去，所以英雄只能以宾馆为中心参观附近的景点。英雄是第一次来纽约，却只能一个人瞎逛。

十二月的纽约虽然寒冷，但街上的人却很多。整座城市仿佛都被圣诞节的气氛笼罩着，到处都是情侣和带着孩子的家庭。看着他们来来往往愉快地交谈，此刻没有家人在身边的英雄感到非常难过，还很担心海人。

吉川海人，真是一个不可思议的年轻人！

人类跨越过的困难越多，就会变得越强大。因为自己经营过公司，英雄对这样的事情会更敏感。一个看上去深不可测的人，一定是经历过无法言说的孤独、悲伤和痛苦的人。一个总是心怀善良和宽容的人，其实比谁都更容易受伤。吉川海人的善良，是一种只有达到了那种境界的人才会有的感觉，是那些打着造福大众的名义自说自话的人绝对达不到的境界。何况他还这么年轻！

英雄曾经在以往的人生中，遇到过各种类型的人，他比同龄人克服过更多困难，经历过更多孤独和艰辛，为此他常常感到自得。然而，当他遇到海人时，英雄觉得他就像大海一样深不可测。跟比自己的年龄小两轮的海人相比，无论是精神上的强大，还是思想的深度，或是格局的大小，英雄都自认为没法与之匹敌。这其中的原因他之前并没有深入思考过，不过在他认真思考后，很难认为那是海人与生俱来的魅力，一定是在他比自己少活了二十多年的生命中，直面过比自己更多的困难，并且都成功克服了，才成就了今天的海人。而那个考验，听将志的说法，应该是与他的家人有关。他到底经历过怎样的困难考验，才能这么年轻就成了如此有魄力的人？

不知不觉中，英雄满脑子想的都是与海人有关的事情。

在纽约的最后一天，英雄决定去参观纽约现代艺术博物馆。在纽约逗留期间，他不知道该做什么，唯一想到的就是去看纽约现代艺术博物馆中亨利·卢梭的《梦》和莫奈的《睡莲》。受之前读过的书的影响，他一直想亲眼看一看这些作品。

当他去参观博物馆时，才发现还有许多其他值得一看的作品，最终花在博物馆的时间比他预想的要多。他走出博物馆时天色已晚，于是决定吃了晚饭再回酒店。他跟着人群漫无目的地走着，突然看到了街对面有一棵巨大的圣诞树，才意识到自己到了非常有名的洛克菲勒中心。日本媒体每年都会报道洛克菲勒中心的圣诞树灯光秀，当然，英雄也只在电视上看到过。此刻他站在那里，抬头看着面前巨大的圣诞树，感叹自己竟然会站在这里，真是不可思议！

"新井。"英雄听到声音后回头看去，竟然是海人！海人笑容如常地问道："您也是来看圣诞树的吗？"

"我本来只是准备逛逛街、吃吃饭，结果碰巧走到了这里。"

"这样啊。太好了！我也正准备吃饭，我们一起吃吧，宾馆前台给我推荐了一些餐厅。"

英雄笑着回答："好啊。"

两人叫停了一辆出租车，一起前往餐厅。

英雄把玻璃杯放在桌子上："组长，您竟然带了便服啊？"

海人咯咯地笑了起来："我刚买的。现在又不是在上班，穿着那样的衣服独自走在路上多尴尬呀！"

那样的衣服，正是英雄现在所穿的。其实，英雄也是这么认为的，而且，即使买了便服带回日本也不会占用太多行李箱的空间。这几天他想过很多次，觉得自己刚好也没有别的衣服可以穿了，但又不太想买。这样的想法，连他自己都觉得奇怪。

"纽约怎么样？"

英雄苦笑："因为我没有提前做攻略，所以我一个人也不知道该干什么，因此浪费了不少时间，觉得有些可惜。"

海人笑着回答："就像是没有任何准备就去旅游了一样，但是这份工作就是这样，不知道自己什么时候会去哪里。一会儿要去做这些，一会儿又要去那里，所以提前收集好信息会比较好。"

"这样啊。我以后一定要这么做！不过我觉得能这么来一趟真好，毕竟还见到了芹泽将志先生。"

海人微微一笑："是啊。"

英雄犹豫了一下，还是想问清楚关于海人的故事。"组长认识芹泽将志先生吧？"

海人点了点头。

"我听你们提起了您姐姐和您父亲……"

144

海人拿起酒杯喝了一口啤酒，然后深吸了一口气："其实我也从未想过，我会在工作中再次遇到芹泽将志先生，况且还是在纽约。人生真的是，不经意间就会遇到这种奇迹般的偶然。当这种偶然发生时，您的在场可能也是某种缘分吧。"

说完开场白，海人放下了酒杯："我曾有一个姐姐，名叫吉川空。她以前和芹泽将志先生一起出演过电影。"

英雄喘着粗气："吉川空！是在《春日和洋辅》中饰演春日的那位演员！"英雄惊讶地张大了嘴，他的表情逐渐变得有些僵硬。

"是的。"

怪不得，英雄从一开始见面的时候就觉得海人十分眼熟。

"我姐姐是在一次试镜中获得了出演这个角色的机会的。那是她第一次出演电影，却直接被选为了女主角。"

"她的演技太棒了！简直令人不敢相信，她当时竟然只是个新人。"

"谢谢您……但是这部电影最终的票房收益与之前的宣传预期落差很大，还被大家评价为俗不可耐的失败之作。在上一部作品中获得了空前赞誉的芹泽将志先生也因此受到了抨击。网络上到处都在说这是他'毁掉职业生涯的失败之作'，他……就这样被网暴了。"

"原来是这样啊……我都不知道。"

"这场网暴的攻击对象首当其冲，就是和芹泽将志演对手戏的我姐姐。网络上到处都是对她无情的诽谤和中伤，而且内容一天比一天过分，从批评她的演技到否认她的外表和存在。之后芹泽将志先生的粉丝也开始指责她，认为是她造成了这部电影的口碑崩盘。在她此前的人生中，她从未被众人威胁和唾弃，巨大的压力在短时间里吞噬了她。"

英雄试图去体会吉川空当时的痛苦，那该是多么难以忍受啊！

"当时，我还是一名备考的中学生，正在努力备战高考。因为我姐姐那时是一个人生活，所以我并没有注意到她当时糟糕的状态。

"在她之前的人生中，她一直认为自己必须接受所有向自己投来的'球'，不管是好还是坏。因为那都是自己播的'种子'，就应该接受这样的结果，所以她认真看了、听了网上的评论，并且试图接受那些诽谤和中伤。也许是为了从这些痛苦中解脱，她真的开始认为自己就是一个不该存在于这个世界上的人……然后她就再也摆脱不了这种想法了。

"因为当时她的精神状态已经差到不能再进行演艺活动了，所以她就宣布退出娱乐圈了。即便如此，当时网络上的新闻竟然都是'演技不行就想靠这些事吸引眼球真是让人讨厌'之类的内容。之后不管她做什么，网络上对她的指责之声都从未减少过。她的精神状态变得越来越差，甚至很难再进入社会，一直到没有人再谈论起那部电影和我姐姐时，她选择了结束自己的生命……"

"怎么会……会这样……"英雄叹息道。

"我姐姐自杀后，芹泽将志先生作为她的搭档，——将那些对我姐姐的中伤和诽谤反驳了回去。然而那些不负责任乱写的人，竟然认为不是他们的错。他们的抨击对象又从我姐姐转移到了芹泽将志先生身上。最后，他因此失去了很多粉丝，媒体和周刊也认为，我姐姐的自杀是由于他主演的电影口碑崩盘造成的。从那时起，芹泽将志先生就再也没有出现在电视剧和电影上了。我觉得他当时一定也认为我姐姐的自杀，是因为他主演的作品口碑不好造成的，并为此痛苦不已。"

"怎么会这样？"英雄落寞地说道，"不要看芹泽将志先生现在那样，他其实是很有责任感的人。"

"我再见到他时，一定会向他转述您刚才的话的。"

"从那天起，我那一贯待人温和的父亲突然说要从政。"

"您的父亲吗？为什么？"

"他想改变那个让姐姐因痛苦而选择结束生命的社会吧。不，也许他是想改变当时什么也做不了的自己。不过，就在他开始努力学习如何成为一名政治家时，他却因一场交通事故去世了。"

"怎么会这样……"

"因为他每天很早就要起来工作，工作结束后，回来又要照顾我姐姐，他根本没有时间睡觉。就这样过了几个月，直到姐姐死后，他也没有时间睡觉，他一直在工作，就算回家了也会学习政治或是写些什么。实际上，我都不知道他什么时候可以睡觉。不过这些事我也是后来才察觉的。

"我在整理父亲的遗物时，在他电脑里发现了许多演讲稿。父亲曾在 SNS 上回应那些中伤、诽谤姐姐的人：'她有一颗温柔的心，讨厌与人冲突，我也希望您能保持冷静。'但不幸的是，这样的回应却像是火上浇油，得到的回复却是'如果真是那样的话，她就不该出现在电影里'。

"正是因为有了这样的经历，他才在演讲稿里写着'我一直秉持着热爱和平的心，认为只要不去攻击别人就不会受到别人的攻击，但这样却没能护住自己女儿的性命'。

"我父亲电脑里的文件夹中，按日期排列着他写的东西。当我打开他最后创建的文档时，内容是他写过的所有东西的总结列表。他最后写下的话是，'即便如此，也不要记恨任何人，不要讨厌人类'。"

"那实际上……"

海人摇了摇头："那场交通事故之后，当我赶到医院时，父亲已经去世了。所以与其说这是父亲最后说的话，不如说这是他最后写下的话。"

"不要记恨任何人，不要讨厌人类。"英雄自语道。

"我曾认为我姐姐和我父亲都是被这个世界的恶意谋杀的。最后只留下了我独自在这世间，所以我曾怀恨在心，讨厌人类。我父亲最后留下的话，其实是他一直以来想对我说的话，而不是对其他人。所以，我尝试着压下所有的愤怒、痛苦、悔恨和不甘，我没有记恨任何人，也没有讨厌人类。我觉得自己这样做就是对父亲和姐姐最好的安慰。"

"正是因为您从这样的事情中走了出来，现在才会成为如此有格局的人吗？"

海人微笑道："其实没有那么容易走出来的，因为我一直认为姐姐去世是我的错。"

"为什么是组长您的错？"

"当初是我让姐姐去参加试镜的。她那时说既然我都说了这么多次了，她就答应去试一次。如果不是我，我姐姐……"

此刻英雄眼中的海人，第一次表现得像个二十岁出头的年轻人。

"我姐姐去世后，为了鼓励我好好生活，我父亲总是努力表现出乐观的样子，像是已经重新振作起来了似的，但是没过多久，我父亲也去世了。我失去了能够重新振作起来的动力，终日浑浑噩噩。之后，我决定放弃高考。作为一个曾经向往着普通大学生活的高中生，突然发现自己不得不独自生活，我一时间不知道该怎么办，于是我不再去上学，因为我觉得高中毕业对我来说没有意义。当时担心我的班主任叮嘱我一定要去参加毕业典礼，其实我对此已经觉得无所谓了，但我知道班上的朋友们都很担心我，他们还多次带信给我鼓励和安慰，所以最后我还是去了学校。当时我想着在毕业典礼上露个面也好，然后……"

"然后？"因为海人的话说到一半停了，英雄催促道。

不过这时英雄突然意识到，他身后正站着准备上菜的服务生，英雄赶紧直起前倾的身体。服务生将他们刚才点的菜并排摆在他们面前，然后说了一句"Have a good time"就离开了。

海人拿起刀叉继续说道："我遇到了社长。"

"社长是指我们公司的社长吗？"

海人点了点头："当时为了纪念高中毕业，学校让我们给十年后的自己写一封信。毕业典礼开始前，社长在教室里转来转去地解释这封信的事，但我那时确实没有心情给十年后的自己写信。然后，社长突然走到我面前说，'嘿，你要不要来我们公司工作？'"

"社长是因为从老师那里听过您的事吗？"

"我之前也是这么认为的，但老师却说没有告诉过他任何关于我的事情，他也不知道为什么社长会突然对我说那样的话。而且，好像社长当时只对我一人说了那样的话。"

"社长没有等我回答就递给了我一张名片，他还告诉我'什么时候来都行'。那时我已经开始自己一个人生活了，因为以我的年纪也不必寄宿在亲戚家。在这之前我度过的人生仿佛在一瞬间都消失了，如今我必须独自面对生活。不知道未来生活该怎么办的我，只有去名片上的地址试试这一条路了。"

"然后，您就开始在这里工作了吗？"

海人慢慢地点了点头："一开始我和现在的您一样，公司没有给任何解释，就让我穿着一身白色的西服和社长一起到处送信。也就是在那时，发生了三天前我说的那件事情。"

"三天前您说过的事情？"

英雄这才想起他们和将志见面正好是在三天前，而这一切对英雄而言仿佛就是昨天才发生的事一样。相对来说，他们见到岛明日香其实只是在一周前，但英雄却觉得像是发生在几年前一样。

"啊，是我们给芹泽将志先生送信时候的事情吧？"

"对，那个鼻毛……实际上当时是社长一直在跟对方说话，我只是站在他后面看着，但感觉对方应该是很长时间没有和人说话了，他讲得非常啰嗦，导致我根本听不进去他说的故事。后来工作终于结束了，我们跟对方告辞后上了车，社长问我觉得他的故事怎么样。我当时因为刚从高中毕业，性格还有点儿叛逆，所以我笑着说，'应该是个很好的故事，不过我当时只注意到他的鼻毛都成撮露出来了，所以他说的故事我根本没有听进去'。我觉得他的鼻毛很有意思，就实话实说了。"

海人回想起过去，微笑着看着手里的玻璃杯："我以为社长会发火。说些'不要看不起这份工作，要更体谅对方的心情'的话，但是社长却只是和我说了其他无关的话。"

"他说什么了？"

海人再次微笑着说道:"他说:'这难道不是一次很好的经历吗? 不错。'"

"这难道不是一次很好的经历吗? 不错。"

听到英雄重复了社长的那句话,海人看着他的表情,笑了:"当时我也是这个反应,完全不知道他是什么意思。然后社长问我,'你觉得我注意到了吗? '我回答说,'我觉得您注意到了,毕竟您离他那么近。虽然这么说有些奇怪,但他的鼻毛真的有一大撮露出来了……'"

"社长怎么回答的? "

"他没有回答我,只是微笑着继续开车。然后我们同时沉默了一会儿,我觉得有些尴尬,于是就又问了一遍他是否注意到了,但社长还是说了其他的事情。"

"人类是一种可以同时考虑许多事情的动物。即使是正在和别人说话时,也会不自觉地想到完全不相干的事情,这没有人能阻止,因为是本能。换句话说,如果不能将注意力集中在一件事上,很容易一不小心就想到很多事情。不过这是大脑健康的证明,本身也不是一件坏事,不是吗? 但是,要说出口的话却是可以选择的。您当时一定是非常想说,所以才说出口的。不过,如果刚才您说的和社长当时的对话被录像,还会被你们说的那个人看到呢? "

"那当然……"海人一时语塞。

"我敢肯定您就不会这么说了。刚才的话是因为您觉得永远也不会被他本人听到，所以才那么说的。您觉得这只是一个不会传到本人耳朵里的小插曲。只是讲了您曾经遇到过这样的事，想过这样的事，但别人听到了也会觉得有意思，然后那个别人比如说是我，会在跟其他人讲起这件事时说这是海人说的。有谁又能保证这些话不会传到刚才那个人的耳朵里？"

海人低下了头："那样的事，大家在网上就是这么干的。"突然，他的呼吸滞了一下。

"您并不觉得我会直接把这件事情告诉这个人或者其他人，您只是想和同为旁观者的我分享自己当时的感受罢了。也许您只是想告诉别人您的想法，博对方一笑，或者您只是想分享自己亲眼所见之事，又或者您只是想表达自己与其他人有不同的观点。其实无论是哪种，它只是一种自我表达而已。人们并不认为这种自我表达会给别人带来不好的影响，但有时这些话确实会传入当事人的耳朵里……您没有过这样的经历吗？那种不小心让您得知了周围人对自己的看法的经历。"

海人沉默了。

"我有过这样的经历，那是在我读小学时一个暑假的早晨。我们那个年代的孩子都要跟着广播做体操，每天早晨，住在附近的朋友会叫我一起去家前面的公园做体操。我每天都是听到他们按门铃后再出去，但那天我还没有听到门铃响就出去了，结果我竟然发现那三个朋友已经在前面走了，我就快跑

着追上了他们，一直跟在他们三人后面。然后我就听到其中一人说：'把那个家伙一个人留下没事吗？'

"开始我还没明白他们说的是谁。这时另一个人说：'别管他，如果叫上他，做完体操后我们玩起来就没意思了。'因为当时我实在好奇他们在说谁，于是就直接在后面问：'你们在说谁啊？'当我看到他们三个人的反应时，我终于明白了，他们在说我。

"他们应该是没想到我会跟在他们后面。我也同样没有发现，他们没有察觉我跟在他们后面，所以才没能听明白他们说'不管他'的那个'他'就是我自己，但是当时我就在那里。那是我第一次听到别人对自己的真实评价。这让我当时倍受打击，但是如果他们知道我跟在后面，就绝对不会说那样的话，而这样的话，网上到处都是。"

"我……"

"没关系，海人。你只需要好好记住，人都是这样的。如果当事人不在现场，大家就不会去考虑那些话会不会传到当事人耳朵里，所以才会想到什么就直接说什么。人类就是有这样的弱点，不只是你，我也是。比如说讨厌我的那三个人，即使我当时不在场，没准儿他们中的谁有一天也会告诉我，'那家伙当时是这么说你的'。而那些让我受伤的话，那人如果能事先考虑一下，应该就不会说了，但是他却没有考虑那么多。网络上的那些话也是同样的道理，那些可以心安理得地对素未谋

面的人说'你真令人恶心'的人，也从不会面对第一次见面的
人就说'你笑起来太猥琐了'，所以，不要管别人怎么样，只
要让自己不要成为那样的人就好了。是不是感觉学到了些东
西？不过我也还在学习中。"

海人将啤酒一饮而尽，然后他叫来了服务生，又点了一杯
相同的啤酒。

"刚才的女服务生也是，当你看到她来到桌边，你的脑海
中就会不自觉地浮现出许多想法。是不是，新井？"

"……确实。"

"关于她的容貌呀、气质呀、妆容风格呀，甚至气味等，
许多信息就会在一瞬间涌入大脑。是自己喜欢的类型，还是不
喜欢的类型？是想表白的喜欢，还是连靠近都不想的讨厌？所
有这些都会下意识地浮现在脑海中，但你绝不会将自己所想到
的都告诉她。比如'我讨厌像你这样的女孩子''我不喜欢你
这种长相'等，没有人会第一次见面就跟对方说这些，也没有
必要说，但是……但是在其他地方就可能会说，比如'我碰到
过那种家伙'之类的话。"

"是啊，在网络上或是博客上……"

"我曾经十分憎恨逼死我姐姐和我父亲的那些人，但是其
实他们做的那些事情，我平日也会做。"海人无力地笑了笑，
"区别只有，是在社长面前说，还是在网络上说而已。那些我

脑子里浮现的没有必要对当事人说的事情，我也会在别人面前口无遮拦地说出来。那时，我才意识到了自己的弱点。我终于理解了父亲所说的'不要记恨任何人，不要讨厌人类'的话。因为我也是那'任何人'和'人类'中的一员。"

"所以你父亲这句话的意思其实是'不要憎恨自己，不要讨厌自己'吗？"

"是啊，我也这么觉得。那时反应过来后我就哭了，眼泪止不住地流了下来。面对这样的我，社长又一次微笑地说了，'这难道不是一次很好的经历吗？不错'。"

英雄再次体会到了海人所经历的痛苦。一个名叫吉川海人的年轻人，这么年轻却遭受了如此巨大的痛苦。

"这份工作很好。我可以借机观察在工作中遇到的每个人的人生，于是到最后我的想法有了改观。我觉得人类其实很好，我也意识到了自己是个软弱的人，我开始觉得他们可能和我一样。"

"和你一样……？"

"是的。面对受害者，事实上不知不觉中就会成为加害者。比如关于我姐姐的事。如果我一个个去找那些在网上发布那些中伤、诽谤的文字的人谈，肯定会发现其实他们和我没什么不同。他们和我以往遇到的每个人一样，都是值得被爱的人。这就是这份工作带给我的认知：我不应该去责怪别人的不足和弱点，因为我也有这些不足和弱点。我意识到我们都是不完美的，正因为不完美，我们才都是真实的人啊。"

"正因为不完美，我们才都是真实的人吗……"

海人自嘲地笑了笑："你可能不太明白……"

"不，我好像明白了。"

"人都是多面的，有温柔的一面，也有严厉的一面；有坚强的一面，也有软弱的一面；有光明的一面，也有黑暗的一面。每个人都是复杂的。我们会以哪一面示人，取决于当时的情况和对方是谁。在面对不同的情况、不同的对象时，我们就会表现出不同的一面。每个人皆是如此。"海人咯咯地笑了。

英雄再次为海人内心的深邃而感到惊讶："我……真的认为你姐姐演的春日非常棒，她能出演那部电影真是太好了！"

英雄一想到自己曾经看过多次的那部电影的女主角，居然是眼前这位年轻人的姐姐，就会感到他跟海人的相遇真是个奇迹。当然，他还能遇到同为男主角的芹泽将志更是一种奇迹。当这么多的巧合凑在一起时，英雄不得不承认自己现在能在这里一定有不同寻常的意义，但他还不知道那意义是什么。想到这里，英雄有些沮丧。

"谢谢。即使不记恨任何人，不讨厌人类，也不可能完全没有遗憾或不甘。如果那时的我能像现在这样，可以从与不同人的相遇中学到很多东西，我姐姐可能就不会死。这样想的话我还是会有遗憾。当然，如果总是考虑得太多，就会恨自己、讨厌自己，但事实是，那些'如果'是永远也不可能发生的。

不过我还是认为，一边学习一边变坚强是很重要的。"

英雄凝视着桌上的烛光在海人脸上投下的阴影："如果能回到过去，你想对姐姐说些什么？"

海人苦笑起来。

英雄有些不知所措，赶紧解释道："如果你不想回答可以不回答。只是……只是我还想从组长这里学一些什么，没准儿以后能用上，可以帮助到别人……"

海人有一会儿没有说话，只是抬头看着天花板思考着，然后他慢慢地、幅度很大地点了点头，露出一个温柔的笑容："也是，也许能帮上忙。"

说着，他向英雄俯身过去："'当你感到来自世间的巨大风暴时，一定会变得害怕、畏缩、萎靡不振，甚至想找个地方躲起来。其实不管是谁遇到这种情况都会如此，但乘着逆风，展开翅膀你就能飞向天空，所以，勇敢地展开翅膀试试吧！没什么好害怕的！越是从未见过的风暴，越能带你一飞冲天。展开翅膀试试吧！如果你一直生活在顺风之下，即使有翅膀也是无法高飞的，这绝对是你的机遇。'我应该会这样说吧。"

英雄觉得，此刻海人不像是在对他说，而像是在对姐姐吉川空说话，但没有关系，对现在的英雄而言，这些话很有帮助，对海人自己也是。有那么一会儿，内心受到极大冲击的英雄半天都没有说出话来。

　　"这个话题就到此为止吧！我们赶紧吃完回去吧，明天还要早起呢。"不知何时海人又展露出了性格中阳光的一面。

　　"好的。"英雄满面笑容地回答道。

　　这时候，窗外飘起了雪花，街上满是依偎在一起的恋人。

波田山一樹

／東京・国分寺

十年前から
やってきた
使者

到达成田机场后，海人和英雄立刻前往机场的巴士车站。

东京和纽约相比，并没有那么冷，甚至可以说有些凉爽。天气很好，也没有风，冬日的暖阳十分宜人。两人没等一会儿，开往新横滨的巴士就到站了，此时车上的乘客并不多。上车后，海人坐在了英雄旁边的位子上，两个大男人这样并排坐着，显得有些拥挤。

"组长，你不坐到前面去吗？"英雄试着问海人。

"我有些话要对你说。"

"好吧，你想说什么？"英雄坐直身子后，面向海人。

"刚才公司发来邮件，除了现在的配送任务外，又给我们额外加了一个任务。"

"配送地点远吗？"

"在国内，不过在奄美大岛。"

"奄美大岛……"英雄稍微思考了一下，但没有想出来这个地方具体在哪里。

"还挺远的。"海人点了点头。

英雄已经做好了心理准备，微笑道："没关系，既然我知道这个工作就是这样的，就能适应了。"

"但是这回有点儿麻烦。"海人面露苦色。

"啊？怎么回事？"英雄问道。

"之前安排给我们的任务是两周内送五封信，现在只剩下最后一封信还没送了。本来今天送完这封信后还能剩四天时间，但现在看来，如果送完这封信后我们再去奄美大岛送信，可能时间会来不及。"

"啊……"

"这次我们兵分两路吧。这样的话，我今天就可以先回家，然后明天尽早去一趟办公室，就能赶上后天送达这封额外的信。"

"也就是说……这次我要一个人行动？"

海人微笑地点了点头："你已经和我一起送了四趟信了，肯定没问题的！而且公司本来安排的就是，我们一起完成这五封信的配送后，你从下周开始就可以独自行动了，所以这次其实只是提前让你独自送信罢了。"

英雄虽然有些紧张，但还是深吸了一口气，然后挺直脊背，下定了独自行动的决心。如果是工作需要，他也不适合发牢骚,只能硬着头皮干了。

"我明白了,请放心地交给我来做吧。奄美大岛的客人叫什么名字?"

海人摇了摇头:"到时候我会去奄美大岛。由你来配送原本安排好的这五封信里的最后一封。"

"第五封信要送去哪里?"英雄神情紧张。

海人一边观察英雄的反应一边缓缓说道:"你知道澳大利亚的马里恩吗?"

第五封信要送到澳大利亚?英雄一瞬间愣住了。这可是他首次被公司委派需要独自完成的工作,他觉得不能露怯,于是尽可能让自己显得平静地回答道:"没有,我第一次听说这个地方。"

"是吗?其实你需要去的是,这个马里恩的姐妹城市——国分寺。"

英雄睁大眼睛:"啊?你能再说一遍吗?国分寺?日本东京的那个国分寺市吗?不是南半球的国分寺吧?"

海人咯咯地笑了:"没错,是东京的国分寺。"

英雄松了一口气:"组长!"

虽然海人和英雄只共事了十天,但跟刚认识的时候比,两人现在的关系确实亲近了不少。

从地铁国分寺站出来的英雄,再一次从西服口袋中拿出了收信人的资料进行阅读。虽然在来的路上他已经看了无数遍了，但他还是将资料又看了一遍。资料中除了写着收信人的名字和地址等信息，还附了一张他穿着便服从家庭餐馆走出来的照片，但收信人的脸拍得很模糊。英雄有些担心当自己看到这个人时，是否能认得出他。

资料显示，收信人的名字是波田山一树，配送地址处写着：每周六下午六点，波田山一树会独自去国分寺南口的烧烤店吃饭，同时还附上了烧烤店的地图，地图上还钉了一个按钉，标记的可能是烧烤店的位置。如此含糊不清的信息，简直不可原谅！

看完资料后，英雄脑海里只有一句话："只有这些吗？"

英雄又看了几遍资料，除此之外没有获得其他任何有效信息。他又查看了资料的背面，甚至还试图透过太阳光线看看有没有什么夹层信息。在做了各种努力之后，他还是没有任何新的发现。

重点是必须要在这个时间点去那个烧烤店吗？英雄对此也没有其他更好的思路，只能先在这个时间点去国分寺碰碰运气。和往常一样，周围的人都会因为英雄的打扮多看他几眼，不过令英雄感到庆幸的是，此时他一个人明显要比他们两个人同时出现时受到的关注度低得多，好在他也已经逐渐适应了人们的关注。

英雄的手表显示现在的时间是下午五点四十五分。车站南边的出口处是一个高台，道路从这里呈放射状延伸出去。英雄看着一条向右延伸的道路，喃喃自语道："是那边吧。"

依靠着对资料中的地图的记忆，英雄沿着这条路走了过去。比想象中要快一些，他看到了地图上烧烤店标记旁的便利店。

从这里再向左拐。没走一会儿英雄就看到了烧烤店。

英雄站在店铺门前向店内张望，烧烤店的入口狭长，楼梯向上延伸，二楼也有座位，此时店里基本上没什么客人。

"这……也不知道波田山一树会不会来。"

英雄没办法，只能先站在能看见店铺入口的地方等着。

"他真的会来吗？"

就在英雄一边胡思乱想，一边看手表时，波田山一树出现了！

他戴的那顶帽子压住了杂乱的长发，脸上留着胡子，戴着眼镜，一副无精打采的样子。他此时穿的明亮的棕色羽绒服和牛仔裤与资料照片上的一模一样。

"真是太好了！他今天穿了和照片里一样的衣服。"英雄松了口气，自言自语道。

英雄觉得如果现在走上前去跟波田山一树搭话，肯定会被对方无视，一想到这些他就不由得心跳加快，毕竟从他们开始送信到目前为止，一直都是由海人看准时机开口搭话，然后再把信交给对方。英雄此刻觉得要是之前仔细观察一下海人的行动就好了。

"直觉。"海人当时是这么说的，不过现在，英雄完全没有感到自己的直觉有给什么指引。

"是该现在过去还是该等一会儿呢？波田山一树是独自来吃饭的，所以即使要等也就等一个小时左右。这样看的话，等待他出来似乎是一个安全的选择。然而资料中刻意提到了'下午六点'，应该是有些特别的原因吧？"英雄心中犹豫不决。

英雄心不在焉地看着店里的情况，店员见波田山一树进来，就立刻迎了过去，然后将他带到一楼的座位落座。

"上吧！"

英雄的身体快速移向了烧烤店入口处。这不是直觉！他并不认为现在是最好的时机，但是身体自己无意识地行动了起来。下一刻，他就冷静下来问自己："真的要上吗？现在的时机行吗？"但已经晚了，烧烤店的自动门开了，他听到从里面传来一个欢快的声音："欢迎光临，您一个人吗？"

英雄被自己选错了时机弄得心烦意乱，但已经走到这一步了，也不好转身出去吧。

"啊……也不是，我……有点事。"英雄一边说着，一边环顾四周，很快，他就在一楼最里面的桌子处发现了波田山一树。

店员看着英雄找人的样子问道："您是有约好的人已经到

了吗？”

英雄是第一次见波田山一树，好像也不好回答"是"，所以他摇了摇头。

"我坐那里可以吗？"英雄指着波田山一树旁边的空桌。

"好的，请跟我来。"店员带着英雄一边朝目标位置走过去，一边向厨房喊道："有一位新客人到了。"

英雄背靠着墙坐下，转头看了一眼坐在自己左边的一树。

也许是一树感觉到了坐在他旁边的客人的目光，于是他也把目光转向了英雄。对上一树的目光时，英雄赶忙微笑着点头。一树有些吃惊，也立刻换上了笑脸。

"只能这个时候了。"英雄想，"如果错过了这个时机，还会有别的时机能给信吗？吃饭的时候可不是个好时机。也不能吃完追上去把信给他吧？考虑到结账也需要时间，那应该也不是个好时机。"

"要么就是现在，要么永远都没机会了！"英雄在心里对自己喊着。

"您一个人吗？"

一树没有想到会被对方搭话，有些吃惊："啊？啊……是的。"

"您经常来这里吗？"

"啊……"

"我是第一次来这里吃饭，您有什么推荐的菜品吗？"刚问完英雄就意识到，这问题问店员会比较好。

没想到一树却很温和地回答道："这家店，不管点什么都很好吃。"

"这样啊。"英雄打开菜单。

这时，店员端水过来："您决定点餐了吗？"

"那我和波田山先生点一样的吧。"

一树吓了一跳，扭头看着旁边穿着一身白西服的英雄："啊？您认识我吗？"

店员不明所以，确认道："您是说和您旁边这位先生点一样的是吧？好的，明白了。"店员瞟了一眼一树此刻惊讶的样子，然后回到了吧台。

"很抱歉吓到您了，我是这家公司的。"英雄递出公司之前为他准备的名片。

一树一脸紧张地伸出手接过名片，喃喃自语般念着英雄的名字。

"我们公司提供'向未来的自己寄信'这样的服务。不知道您是否还记得，十年前您在中学毕业典礼上，给十年后的自己写过一封信。"说着，英雄拿出了这封信。

一树并没有接那封信，他苦笑了一下："是因为我拒收了这封信，所以您才特地送过来的吗？"

"啊？"这下轮到英雄吃惊地看着一树了。

"这封信曾经送到过我家，但我拒绝签收了。不好意思，当时我以为是恶作剧。真的是我自己写的信吗？"

英雄将信放在一树的桌子上："请问您为什么拒绝签收呢？"

"我记得寄信人是一家叫'时光胶囊株式会社'的公司，因为我没听说过这家公司，所以就拒收了。您看，确实有一些公司会随机寄出一些奇怪的商品，然后跟对方收取高额的费用。"

"原来如此。"

"那……这真是我自己写的信吗？"

"是的。"

一树对此嗤之以鼻："扔了吧，我不想看。"他将信从自己桌上拿起放回到英雄桌上。

对于收信人这种预料之外的反应，英雄被惊得有一瞬间忘了呼吸："您要是不签收的话，我会很为难的。"

"那就当作我已经签收了，然后请您随便扔了吧。"

英雄摇了摇头。"我的工作职责就是，一定要亲自将信交给收件人。请您在这里……"英雄从上衣口袋拿出其他文件，"请在这里签字，不然我不会离开的。"

一树叹了一口气："我知道了，那给我吧。如果是我自己去扔，应该就没问题了吧。"

在一树伸手准备拿信时，英雄收回了信："请等一下。"一树满脸困惑地看着他。

"我自己的信我自己怎么处理都可以吧？"

"确实是这样，不过请您先等一下。"

"请问有什么问题吗？"也许是觉得他们之间的沟通很奇怪，店员走过来站在两张桌子之间，来回看着争执的两人。

"没事。"在有点儿紧张的气氛中，英雄回答道。

幸好这时店门开了，又有其他的客人进店，店员望向那边。

英雄没有得到对方的许可，就端着自己的水杯直接坐到了一树的对面。

一树对此也并没有反对。

"波田山先生，这封信确实是您的东西，所以您之后无论怎么处理都可以。不过我还是想请您读一读，虽然信里可能是您不想读到的内容，但毫无疑问，这是过去的您想要给现在的您传达的信息。您真的不想读一读吗？也许您应该更重视自己的话。"

听完英雄的话，一树表情一冷："好了，不要再说了。"

"为什么？"

"我想象得到我当时写了什么。我应该写了当时那个梦想，之后我也顺利实现了那个梦想。然而，实现梦想之后我才发现，这根本不是我想要的生活。我的心病了，但我不想辞职再去找另一份工作，现在我每天只是苟延残喘地活着罢了。"他的声音越来越小。

英雄耐心地等待着一树要说的下一句话，但他似乎没有更多的故事了。英雄别无选择，只能开口打破沉默，但他也不知道该说什么，所以只能先开始说他自己的遭遇。对于为什么会说这些话，他自己都觉得不可思议。

英雄说："我也是。"

听到他的话，一树猛地抬起头。

"曾经我的理想是成立公司，我也做到了。我的公司不断成长，有了很多员工，但最后还是倒闭了。我不知道该怎么办，变得很绝望。后来，我的妻子和孩子都离开了我，这一变故进一步地打击了我，我失去了继续努力工作的动力，甚至想过离开这个世界，但我最终没有。那时候，我对既没有勇气向前面对生活，也没有勇气离开这个世界的自己很绝望，但……但即使如此，我现在还是重新振作起来，开始了新的生活，而这样的转变真的只需要一点儿机遇。"

"一点儿……机遇？"

"是。就仿佛是在未来的一片黑暗中，看到了如同小小光束一样的希望。同样，这封信也许对您来说就是小小的希望之光。不，一定是！从我们以往配送成功过的人那里给的反馈来看，我感觉得到，一定是！"

"嗯？您还给谁送过信？"

英雄不知道是否应该告诉他，但觉得也许对他而言会是一种鼓励："其他的收信人是曾经和您同班的岛明日香女士、森川樱女士、芹泽将志先生……还有重田树老师。"

"啊！真的吗？他们还好吗？尤其是将志，我已经有很长一段时间没在电视里看到他了，我很担心他。"

"他很好。他读了自己的信后，说自己又重新振作起来了。"

"这样啊……那明日香呢？也是这样吗？"

英雄点了点头。

"这样啊……"

可能是想起了过去的事情，一树的表情因此缓和了一些："其实我以前喜欢过明日香……不过我还没来得及告白，我们就分开了。我真心希望她能过得幸福，她幸福吗？"

英雄微笑着点了点头。实际上，明日香当时也陷入了绝望，就在她快要自暴自弃的时候，被自己很久以前写的那封信拯救了。英雄觉得这些应该不能告诉一树。对于一树来说，认为他记忆中的明日香已经得到了幸福，应该会更高兴吧。

"这样啊。她现在是不是变得比以前更漂亮了？不过，她应该早就不记得我了。"一树有些失落地说道。

"波田山先生，您要不要先读一读自己写的信？"英雄语气温和地说道。

桌上的烤肉发出诱人的香气和"滋滋"的响声。英雄伸手用烤肉夹夹起一片烤肉，穿过冒起的烟放到了对面的盘子里，一树一脸茫然地盯着盘子里放着的肉。后面进来用餐的客人看见他俩现在这样，只会以为他们是来一起吃烤肉的朋友。

"那时我的梦想是成为一名老师，之后我的想法也一直没有改变，大学也去读了教育学院，毕业后我很顺利地成了一名初中老师。然而，我这才发现，现实中老师的工作与我梦寐以求的老师的工作大相径庭。"

"有什么不同？"

"一切都不一样。"

"一切？"

"是。当时在学校，没有人会听像我这样脾气温和的老师的话，不管我课上得多好，也没有人会认真听我讲课。然而，孩子们却都愿意听一个老是讲无聊笑话的老师的话，会听一个不怎么考虑孩子们的具体情况，只一味施压的老师的话。于是我开始觉得，这不是像我这样的人能做的工作。"

"您放弃得太早了吧？"

虽然英雄言语温和，一树却还是无力地摇了摇头："即使和孩子们的关系不错，我也不想再做这份工作了。除了要应付孩子们，还要看那些任性的家长们的脸色，真的是太累了。还有……"一树停顿了一下，犹豫要不要继续说下去。

"还有什么？"英雄追问道。

"您知道我为什么想当老师吗？因为我爱这个国家！我的爷爷曾经告诉过我，'最重要的是把这些教给孩子们'。从那时起，我就想着等我长大后，一定要告诉孩子们'要热爱自己的国家'，所以我才想成为一名老师。然而，成为老师之后我才发现，初中老师的工作并不是教这些的。实际上，成为老师后的生活与我想象的完全不同。我被学生们憎恨、被家长们责骂、被同事们否定，最后，我因为受不了这些压力得了胃溃疡，住院了。原本我打算在康复后回去继续工作，可当我病好了之后，继续在家疗养时什么事都没有，但每当我想到要回学校上班时，就会变得心烦意乱、头晕目眩。我就这样反复治疗了很久，病情都没有得到改善，我终于意识到，我的精神状态已经不再适合重返工作岗位了，所以我就辞职了。"

"这样啊。"

"我和英雄先生一样，好几次都想一了百了算了，但我总是在迈出最后一步时就退缩了。每当我想起爷爷的话，'最重要的是把这些教给孩子们'时，我就不知道该怎么办了。"

因为一树一直没有动筷子，所以烤肉在一树和英雄面前已经排成了一排。一树注意到了这个情况，对英雄说："您吃吧。"

"波田山先生您也吃吧。"

"我没心情吃。"

实际上，一树点的是冷面，烤肉是英雄换到这桌后追加的。

"我听说您每周六都会来这家店？"

　　一树苦笑了一下："看来您很了解我。我对这家店来说可能是个麻烦的客人，因为每次来我只吃冷面。在我还在学校上班时，每周六都会来这家店吃烤肉，以此来奖励自己一周辛勤的工作。现在虽然辞掉了工作，但如果所有的生活习惯都因此停止了，会让我觉得我可能真的不能再重新融入社会了。因此，我把每周来这里一次的习惯延续了下来。"

　　"这样啊。"英雄夹着肉往嘴里送，"波田山先生，您现在愿意读一下您写的这封信吗？虽然我不知道信里写了什么，但我相信今天一定能成为您开启新生活的第一天。我也不认为您或您爷爷说错了，即使您不是老师，其实也可以做到那些事。很多事情不是只有成为老师才可以做到。您可以写书，可以演讲，或者还有很多其他的方式，请您试着去寻找它。"

　　"您认为我可以过那样的生活吗？"

　　"当然！"

　　"即使我写了一本书，但我也不能靠它维持生活，即便我成为出名的作家，我也并不想朝着这个方向前进。"

　　"我能理解您此时的心情，但您觉得我们的社会这样发展下去，没有问题吗？"

　　"啊？"

　　"现在的社会确实是这样，但是您觉得一直这样发展下去行吗？现在的日本不正在由我们来打造吗？这样一成不变地发展下去真的可以吗？"

"可我做不来。"

"您做得来！一起做吧！如果我们所有人都鼓起勇气去做，也许只能改变一点点，但只有当这些一点点汇聚起来，日本才有可能变得更好，不是吗？"

"您说的这种情况只是理想状态，但现实不是这样的。"

"正是因为我们陷入了现实的困境中无法自拔，才有了我们追寻理想的绝佳机会。"

"追寻理想的绝佳机会？"

"是的。通常来说，比起理想，每个人都会优先考虑现实，其实只是因为那样选择压力更小，但当我们已经在现实中陷入僵局，已经无法确定我们是否还能够活下去时，难道这不正是我们追求理想的绝佳机会吗？"

"这是吗？"

英雄用力点了点头："其实人生路上，一寸之外皆是黑暗，无论谁都一样。每个人都会害怕黑暗，我曾经也十分害怕。然而，最糟糕的现实还是在我身上发生了，但同时也让我明白了，黑暗之中总会有光明。"

"一寸之外皆是黑暗……而黑暗的前方就是光明吗？"

"波田山先生，您现在的情况也许刚好就身处于黑暗之中，但在这黑暗的前方一定有光明。您会发现，这黑暗正是开启您生命中新世界的钥匙。所以，请您无论如何都不要放弃。"说着，英雄再一次将信递给对方，"还有，请您读一读这封信吧。"

"黑暗的前方就是光明吗？"一树一边喃喃自语，一边慢慢地伸出手来。当他接过英雄递过来的信后，竟慢慢地把它放进了背包里。一树察觉到了英雄的目光："您是在担心我会扔了这封信吗？"

"啊，不，不是。"英雄有些慌乱。

一树却笑了："我明白了，我现在就读。"一树沉着地拿出了信，打开信封，然后开始读信。

波田山一树先生：

二十五岁的我，你现在在哪里读这封信呢？

我完全想象不到呢。

十年后的我，已经实现自己的梦想了吧。二十五岁的话，应该还在研修中，但是我希望你能赶紧成为一位厉害的寿司师傅，然后就可以把爷爷捕的鱼都做成寿司在店里售卖了。

我们已经从中学毕业了，大家也都离开了这座岛去外面读高中去了。

虽然之后会发生什么我也不知道，但我希望读到这封信的你能够感到幸福。

波田山一树

一树将信纸铺开放到桌上，笑了起来。

"怎么了？"

一树没有回答英雄的问题，而是继续笑着。最后，当他平静下来后，他将信纸折好放回了信封："该怎么说呢，我好像无意中篡改了自己过去的记忆。"

"怎么回事？"

"我一直认为我想成为一名老师，但是在这封信里，我竟然写着想成为一名厉害的寿司师傅。我竟然曾经有过这样的梦想！我早就忘记了。不过好像确实有一段时间我是这么想的。人类的记忆真令人吃惊！应该是当时发生了一些事情之后，我回忆起了一些事情，然后借着回忆编造了一段记忆，并认为这就是我的过去。也不知道为什么，我会一直认为我从小就想成为一名老师，然后还陶醉在这种不幸的生活中无法自拔，真是可笑。"

"那为什么您后来不想成为寿司师傅了？"

"可能是因为我爷爷去世了。我爷爷是渔夫，我特别喜欢他，但是我因为晕船晕得很厉害，所以没法成为渔夫，于是我才想开一家寿司店，将爷爷捕到的鱼都做成寿司。是的，一定是这样的！"一树一边回忆过去，一边修改着自己的记忆。

"可能是因为，我后来遇到了我那时的班主任森下老师，他让我觉得做老师其实也不错，所以爷爷去世后，我就放弃了做寿司师傅的想法，只剩下做老师这一个梦想。可能是这样的……"一树刚刚经历了一次不可靠的回忆,所以他用"可能"这个词模糊了过去。实际上,他可能还想到了别的事情。

"森下裕树老师吗?"

"是的。看来您知道的可真不少。有一天,我问老师他为什么成了一名老师。我不记得我为什么要问这个问题,也记不清我为什么那时和老师在一起,但我记得我们那时正在看大海,我想可能是我碰巧在校外遇见了老师。"一树一边眺望远方一边继续说道,"然后老师说,'因为我想死在一个比我出生时更好的社会里'。现在看来,这真是一句非常扎心的话,但当时我认为它很酷。我上小学时,学校的老师每次带我们去郊游,都会用'让这里比我们来时更漂亮'这样的话,来鼓励孩子们打扫他们游玩过的地方。因为每年都会听到同样的话,所以我对这种话术有点厌倦了,但当我听到森下老师的话时,我脑海中浮现的第一句话就是'让这里比我们来时更漂亮'。如果每个成年人和孩子都能在离开这个世界前,创造一个比来时更漂亮的世界,那么这个世界就会变得越来越美好。我觉得这就是我心中的理想。"

"这样啊。"英雄一边听故事,一边注意到一树的表情已经和读信之前不一样了。对一树而言,这封信一定会成为他此刻黑暗人生中的希望之光。

"波田山先生,这封信是否变成了您黑暗中的那束希望之光?"英雄壮着胆子问道。虽然他不知道这是否合适,但他真的很想知道答案。

一树稍微思考了一会儿后，对英雄微笑道："是的，虽然我感觉自己的人生仍然黑暗，但……"

英雄点了点头："这已经足够了。我最近也在黑暗中找到了光明。这太神奇了！之前两个甚至想离开这个世界的人，竟然开始寻找他们能做些什么来创造一个比现在更美好的社会。"

一树苦笑起来："这还多亏了您。"

"我只是负责送信而已，您最应该感谢的其实是过去的自己。"

一树摇了摇头："'正是因为我们陷入了现实的困境中无法自拔，才有了我们追寻理想的绝佳机会。'您的这句话给我留下了很深刻的印象，我正是想着这句话才变坚强的。而且，我确信世界上还有很多人，像新井先生一样，比我更痛苦，但他们仍然选择了重新振作起来，然后为理想而战。虽然前路一片黑暗，但相信黑暗中依然有光。"

英雄被一树称赞了这么多，不知道该用什么表情回应对方，于是偷瞄了他一眼："啊，这样啊。"

英雄按照工作流程，从箱子里拿出一支钢笔和一些文件。"请您在这里签字。"

一树接过笔："我从来没有用过钢笔，所以不知道是否能写好。"说话间，他突然站了起来。

英雄以为他签好了，跟着他一起站了起来。

"新井先生，刚才谢谢您！同时我也为我之前的失礼向您道歉。您再多待一会儿吧，还有肉呢。"

"啊，但是……"

一树对犹豫不决的英雄说："希望以后还有机会能再见到您。"

"我也是。"英雄伸出右手，一树立刻伸手和他握了握。

英雄目送着一树结完账，走出了店外。他通过打开的自动门，看到了此时门外飘舞的雪花。

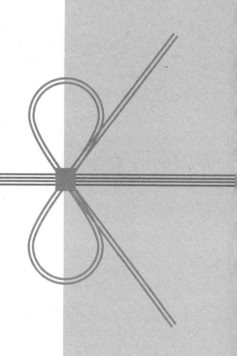

前方的光

十年前から
やってきた
使者

从烤肉店出来后，英雄到了八王子站换乘横滨线，他坐在座位上等着电车发车。窗外依旧飘着雪。

这是他进入时光胶囊株式会社以来，独立接手的第一个工作，总算是完成了！英雄在松了一口气的同时，疲劳感瞬间袭来。这也不奇怪，因为在过去的两周时间里，虽然他已经尽了最大的努力去适应新工作，但还是没能完全习惯这种连轴转的工作模式。然而这种疲劳感也是令人愉快的，至少证明他还在努力生活。现在英雄准备回新横滨，然后把从波田山一树那里收到的签收单送到公司，这样他的第一份独立完成的工作就算彻底结束了。

英雄在车上趁机梳理了一下这两周发生的事情，终于意识到自己原本停滞的生活又开始重新转动了。他和海人从大阪到东京再到北海道，然后去了纽约，很快又回到了东京。他们没有时间休息，不停地赶往下一个目的地。在这些旅途中他们遇到了很多人，这些人当下都有他们各自的烦恼。然而，这些人通过自己曾经写的信和过去的自己和解了。陷入现实困境的黑暗中的他们，看到了前方的希望之光，并有机会开始新的生活。

也许并不只是因为那封来自过去的自己所写的信，每个人其实都在等待一个走出黑暗的机遇，除了收到信之外，他们还在不可思议的情况下遇到了时光胶囊株式会社的人。不，准确地说应该是，他们遇到了一个叫"吉川海人"的人。这可能就是他们能够重启人生的一个很重要的因素。

英雄在做公司的经营者期间曾多次去参加讲座。表面上看参加这些讲座可以获得一些管理技巧，实际上他认为最重要的是可以通过这些讲座点燃心灵。"为了点燃自己的心，最好的方式就是去听那些心如明灯一般的人讲话。"英雄为了告诉员工们自己的这个想法，刻意在员工们培训时，让他们练习如何生火煮饭。在没有火的地方生火真的很难，有时甚至要花好几个小时，但如果借助已经在燃烧的火种来点燃自己的灶台，就只需要几秒钟。点燃心灵之火也是同样的道理。要在一片荒芜的心灵上生火是十分费力的事情，但是从已经点燃了心灵之火的人那里得来却只要一瞬间。

英雄认为如果没有能够努力生活的动力，与其闷头思考如何拿出干劲儿来，不如去听那些心如明灯一般的人讲述他们的故事。这也是那些收到信的人，之所以能够在黑暗中找到一线光明的原因，可能是吉川海人把他的心灵之火传给了他们吧。

英雄自己也跟收信人们有同样的感受。从他遇见海人的那一刻起，就感觉内心的焦虑在不断消减，自己也在不断地变得更加善良和强大。而这一切归根结底可能是因为海人也曾经依靠着远处的微弱光芒，从比任何人都痛苦的黑暗中走了出来。人就是这样，越是经历并克服了困难带来的痛苦，就越能变得更加温柔和坚强。与此同时，自身的善良和强大也会感染到我们周围的人。

英雄确信是这样的。虽然自己可能并不像海人那样优秀，但他还是认为和自己的相遇，可能也点燃了波田山一树的心灵之火。英雄确信，在他的一生中，也经历了大大小小的困难和黑暗，而他如今已经克服了这些困难和黑暗，所以他才能够点燃一树的心。可能只是一团小小的火焰，但它却存在于自己的内心之中，同时也成了能够点燃别人心灵的火焰。英雄不想让自己心中的这团火焰熄灭。不，准确地说应该是不想让海人在他心中点燃的这团火焰熄灭，他想让这团火焰能烧得更旺一些。

此时，车门关闭，电车启动。英雄在列车因行驶而产生的摇晃中，惬意地闭上了眼睛。

英雄到达新横滨站时已经是晚上九点了，街上积了一层薄薄的雪。他不确定公司里这个时间点还有没有人。

英雄站在公司的楼下向上看去，办公室里居然还亮着灯！

"有谁还在公司吗？"英雄一边想着，一边快步走向电梯。

英雄推开公司大门，看到里面的人竟然是海人。

"你回来了！"海人满面笑容地迎了过来。

"我回来了。"英雄拿出签收单。

"第一次独自执行任务感觉怎么样？"

英雄苦笑道："啊，那个，我已经尽力了，但不知道结果怎么样。总之是把信顺利地交给了对方。"

"这已经很不错了。毕竟第一次送信，你就可以和对方一起吃烤肉了。很不错嘛！"海人边笑边说。

英雄吃惊地瞪大了眼睛："你看到了？"

海人笑容不变："怎么可能！只是闻到了你衣服上的味道。"

"啊……味道啊。"英雄有些害羞地低下了头。

"嗯，不管怎样，这是你在我们公司完成的第一个工作任务，辛苦了！"海人轻快地说道，并向英雄点头致意。

"谢谢！"英雄也回礼。

"这一趟跑下来累吗？"

"确实有些累。"英雄老实地回答，"但是能和组长相遇，努力做好这份工作，让我重新思考了很多事情。"

"哦？那真不错。不过别再说什么和我相遇……我会害羞的啊。"

"真的是这样啊！感觉我那已经熄灭了的心灵之火又被组长重新点燃了。"

"新井，你今天说话简直像吟诗一样呢。"海人和英雄都笑了起来。

笑了一会儿后，海人开口道："如果当下发生了什么好事，过去也会因此被改变的，人们总说未来可以改变，但其实过去也是可以改变的。之前，我就和北海道的森川樱女士谈过这样的事。"

"改变过去？"

"就像你很高兴遇到了我，其实我也很高兴能遇见你，并且我还很高兴可以和你一起让其他人的人生变得好了一些。所以你会不会有一点点觉得，也许公司倒闭是好事？毕竟如果公司不倒闭，这些好事就不会发生。"

"也是……"

"虽然觉得公司倒闭也许是件好事，但你仍然会不开心，所以从现在开始努力过更好的生活吧！这样的话过去才会不断变得美好。"

"好！"英雄满面笑容地点了点头。

"这两周的工作全部都在期限内完成了，所以明天我们就可以休息了！你有什么想做的事吗？"

"目前还没有什么特别想做的事，倒是有件之前想过要去做的事。"

"这样啊。"

"组长你呢？"

"我要去大阪。"

"大阪？是工作的事吗？"

海人摇了摇头："一半是为了工作，一半是私事。实际上，我是被我们最开始见到的明日香女士邀请过去的。起初她说写了一封信，想再和我见一面。然后她又说，如果有时间的话想和我一起吃饭。"

"这样啊。岛女士可是很漂亮的。"英雄意味深长地笑了。

"是啊，她很漂亮。"海人也笑了。

"希望组长能度过一个愉快的圣诞节。"

"新井你也是。"

两人离开办公室没多久，外面就已经积了厚厚的一层雪，天气预报说这场雪要持续下到明天。英雄站在马路上抬头望天，无声的雪花突然出现在他的视野中，纷纷扬扬飘落开来。

英雄从今天早晨起来就开始打扫房间，但直到中午，才能勉强看出一些打扫过后的成果。他觉得有些羞愧，因为整理房间这事已经搁置了许久。不过幸运的是，由于昨晚开始下雪，导致垃圾车迟迟没有来收垃圾，毕竟英雄在这么短的时间里已经打扫出了八袋垃圾。"还好能扔出去。"英雄一手提着两个垃圾袋，往返了两趟才扔掉了所有垃圾。对英雄来说，打扫好了房间，仿佛也就意味着整理好了自己的心绪。他一边想着"早知道会有这样的效果就应该早点收拾"，一边继续干活儿。

英雄现在住的地方是他当初为了投资而买的一居室的公寓。买的时候考虑的是这座公寓楼离大学不远，应该能立刻租出去，但没想到过了很久都没能出租成功。后来他又想卖掉这间公寓，但当时行情不太好，他只好想着等过一段时间再说，结果这时候公司经营状况开始恶化，妻子和孩子也因此离开了家，所以最后英雄先卖掉了自己原来的家抵债。谁能想到，这个原本用来投资却卖不掉也租不出去的公寓，最后竟变成了英雄落难后的住所。仔细想想也可以说，英雄运气真的不错，到最后还能有个容身之所。

清理好房间之后，英雄就开始盯着壁橱发呆，此时的壁橱里面堆满了封好的纸箱。自从英雄一年半前搬进来，这些纸箱就从未被打开过，纸箱里面有许多不能扔掉的东西，都是从之前的家里带过来的。这些纸箱也是英雄为了开始新生活而不得不着手整理的地方，不管是扔掉还是继续存放，英雄都认为只要他还无法面对这些箱子里的东西，他就无法真正开始新生活。

英雄把其中一个纸箱从壁橱里抱了出来，放在收拾干净的地板上。当他撕开胶带时，一阵心痛的感觉袭来。箱子里有相册、未整理的照片、放在相框里的照片，以及随手扔进去的一些信件和新年贺卡。当初英雄搬家时，内心十分难过，所以连内容都没看就随手扔了进去。现在，他正努力尝试着面对这些东西。

英雄最先拿出来的是带着相框的照片。他将照片一张一张小心地从箱子里取出，并排放在了地上，在摆放的时候，跟这些相片有关的回忆不断涌现，他甚至能回忆起这些相框曾经挂在家里的哪个地方。度蜜月时在大溪地拍的照片当时摆在玄关，女儿幼儿园毕业时拍的全家福挂在客厅的窗边，在摄影馆拍摄的"七五三节"①的全家福就摆在书房的办公桌上。看着照片中一家三口其乐融融的样子，英雄感觉胸口一阵绞痛，但他比自己预想的要冷静许多。

他又从箱子里拿出了三本相册。第一本相册最开始的几页，是英雄和妻子美雪刚开始交往时的照片。那时的潮流审美很糟糕，他们都穿着特地用化学药剂洗得发白的牛仔裤。相册的后面几页，都是他俩去过的地方的合影留念。第二本相册从两人的结婚典礼的照片开始，然后是女儿亚利纱出生的照片。第二本相册基本可以说是用来记录亚利纱的成长过程的，英雄自己和美雪的照片就少了很多。第三本相册到了中间就突然结

---

① 每年的 11 月 15 日是日本的"七五三节"，这天，三岁、五岁的男孩和三岁、七岁的女孩都会穿上传统和服，跟父母到神社祈福。很多家庭有在当天祈福后拍一套全家福纪念的传统。——译者注

束了，最后的记录是亚利纱小学二年级运动会的照片。因为那时候人们已经很少使用胶卷，而是开始流行使用数码相机了。不知不觉中，人们在相册里贴照片，并在旁边写寄语的记事方式也慢慢随之消失了。英雄翻阅着相册后面的空白页，一直翻到了最后一页，然后他把第三本相册合上，堆在了他刚刚看过的两本相册上面。

接着，英雄又从纸箱里拿出了一个小小的点心盒子，他也想不起来里面装了什么。当他打开盒子时，里面装满了英雄和美雪结婚时的记忆：发给嘉宾的婚礼典礼手册、当天拍摄的求婚照片、宾客们的祝福寄词，以及婚礼前一天美雪自己手工制作的发饰，在盒子的底部还有一个又大又硬的信封，里面有两张卡片。英雄一开始以为那两张卡片是当时多余的邀请函，但当他拿起信封打开的那一瞬间，英雄突然想起来了，那是他们两个写给彼此的信，他写信本来是想在婚礼上让主持人宣读的，但没想到美雪也做了同样的事情，结果就变成婚礼当天两人在台上互相读信给对方听。

当英雄打开信时，过去的记忆又一幕幕涌现出来。英雄感到心跳加速，胸口闷疼。他想立刻合上信，却已经做不到了，他的目光无法从信纸上移开，不受控制地开始往下读信。

致美雪：

从我们开始交往到今天已经过去八年了。今天，我们能在亲朋好友们的祝福下举行婚礼，对我来说真的像做梦一样。

这一天，也许你也等了很久吧，等我的工作步入正轨后能够独立生活，而我却一直在埋头工作，不知不觉竟已经过去了这么多年。不过，我们终于迎来了这一天，我真的感到很高兴！

在我们交往的这么长的时间里，你一直毫无怨言地支持我，谢谢你！我真的从心底感谢你。

我写这封信是想给你一个惊喜，你一定会觉得很肉麻吧，但我非常想表达我现在的感受。

今天，能够在到场的嘉宾们面前读这封信，我真的非常高兴。我发誓，余生一定会让你过得幸福！

从今以后，不管生活是顺境还是逆境，经历好事还是坏事，我们都要一起微笑着面对。

让我们一起组建一个幸福的家庭吧！

从现在起，请让我永远守护你的微笑吧！就像从前一样。

爱你的英雄

读完信的时候英雄已经泪流满面了。和美雪一起度过的日子，像海浪一样涌现在他眼前，那些他曾经努力想要忘记的、属于过去的、尘封已久的记忆，仿佛从厚厚的墙壁上的小裂缝处溢出，以无法阻挡的势头向英雄涌来。英雄蹲在地上心痛得不能自已。那些一个接着一个涌现的记忆，都是他生命中的珍宝。为了妻子和女儿的幸福，英雄一直在咬紧牙关，拼命工作。

英雄又看向了信封里的另一封信，那是在婚礼当天美雪读给他的。不过说实话，英雄已经不记得信的内容了。然而，他还清楚地记得美雪读信时的侧脸，她强忍着泪水、声音哽咽着读信的样子，实在惹人怜爱。那时英雄就发誓一定要给她幸福。

英雄从信封里慢慢地抽出了那封信。在缓缓流逝的时间中，他回忆着十八年前美雪对他的思念、感受和两个人之间的牵绊。他展开信，心怀怜惜地一个字一个字地读着。然而，当他再次读到美雪的信时，英雄感觉自己的后脑勺仿佛遭到了重击一般。自己曾经发誓要让美雪过得幸福，却从没真正考虑过美雪要的幸福是什么。

英雄以为美雪想要的，其实并不是美雪所追求的幸福，而只是英雄自己以为的幸福。英雄以为美雪想要这样的家庭，所以他只是在拼命地塞给她他自己以为的幸福。是的，他给的一切都不是美雪想要的，而是英雄的自以为是。

当英雄读完信时，他感到前所未有的痛苦。原来从头到尾，他都在自说自话。他的眼泪不断流下来，对美雪的所有思念都在顷刻间溢出。

一个四十多岁的大叔，独自一人抱着信和照片在公寓里哭成了泪人。想到这个画面，英雄又不由自主地笑了起来，他开始发笑后竟无法停下来，简直像一个疯子。

"我真是个傻瓜。"英雄这样想着，然后又继续笑，笑得眼泪都出来了。之前的情绪其实并没有完全发泄出来，此刻英雄在他自己无法理解的情绪拉扯中，一会儿哭泣，一会儿大笑。

"我真是个大傻瓜！反正都是傻瓜了，那再傻一点也没关系吧。"

"亚利纱，你去取一下蛋糕吧？"美雪站在一楼的楼梯口冲二楼大喊道。

"不去！"亚利纱直截了当地拒绝了她的请求。

"拜托你了！妈妈要是去取的话，晚饭就要来不及做了。"

"那就晚点吧，我现在没法离开。"亚利纱一直在摆弄她的圣诞礼物，那是一台智能手机。虽然她周围的朋友们早就在用智能手机了，但母亲美雪认为这样的东西对她来说有百害而无一利，所以一直没有给她买，而现在正是她拥有了梦寐以求的礼物的幸福时光。

美雪也有点后悔在考试前送女儿这种东西。现在那"有百害而无一利"中的"害"不就立刻显现出来了吗？美雪回到客厅，问正在厨房做炸鸡的佳子："妈，我要去取蛋糕，您能一个人做晚饭吗？"

"可以啊。你取完蛋糕就马上回来吗？"

"我要先去还一下 DVD 光盘，然后再去取预订好的蛋糕。"

"啊，你还特地预订了蛋糕啊。"佳子脸上露出不可思议的表情。

"好不容易过个圣诞节嘛！"美雪在母亲佳子面前说话还像个小女孩一般。

"好像要下雪了，你出门要当心。"

"好。"美雪拿了一件白色的长外套朝门口走去，她从鞋柜里拿出时尚的皮靴和刚修好的雨伞。雨天总让她特别容易情绪消沉，所以她对雨具一直很挑剔，因此她的雨具价格都有些贵，因为美雪认为如果买了自己最喜欢的雨具，即使在坏天气里心情也不会这么糟糕了。

出了玄关，映入美雪眼帘的就是一幅雪景。这雪是从昨晚开始下的，虽然白天温度一度有所回升，但天黑后又开始下雪了，现在整个街道都变得一片雪白。

"像是圣诞节该有的样子！"美雪一边喃喃自语，一边拿着伞打开了玄关的大门。

美雪现在住的房子，建在小丘上一片住宅区的最高处。因为地形崎岖，所以很少有人会骑自行车出行。在检查了靴子的鞋带松紧之后，美雪开始小心翼翼地沿着斜坡往山丘下面的车站走去。当她走到车站旁的光盘出租店门口后，快速抖落了伞上的一层薄雪。

"再这样下一晚上的话，这得积多少雪啊。"美雪一边想着一边冲进了光盘出租店里，"如果不能按时还 DVD 光盘，可是要被罚款的。"

光盘出租店的店员高桥瑞惠是美雪的闺蜜。

"圣诞夜你还打工？"美雪问道。

瑞惠笑了："我的圣诞夜很无聊啊。我儿子去合宿还没回来，我丈夫今晚要值夜班。所以说，如果想庆祝圣诞节，还是要赶在孩子小学毕业前去做。"

"确实。"美雪边说边拿出 DVD 光盘交给对方。

"超时了？"瑞惠一边说着，一边拿起收银台边的电子扫描枪扫了一下 DVD 光盘盒上的条码。

"美雪，我觉得你还不如买了这个光盘。你自己看看借盘记录，你都借了三次了！而且除了你没人借过。"

美雪不好意思地笑了："我女儿也这么说我，但我还是觉得没必要买下来。"

"这电影有什么好看的？"

美雪找出零钱，将钱递给瑞惠："其实我每次借的时候都想着'这是最后一次了'，但隔一段时间还是会想看。"

"那你今天还要借别的什么吗？"

美雪摇了摇头："我现在要去取蛋糕，然后得赶紧回去。"

"啊？可以啊，你们家还办了圣诞派对？"

"是啊。"

美雪和瑞惠又寒暄了两句就离开了，蛋糕店就在光盘出租店的旁边。虽然蛋糕店里此时挤满了来拿预订蛋糕的客人，但大多数人在说出他们的名字后，就能立刻领到已经做好的蛋糕然后直接去结账，所以美雪也很快就取到了蛋糕。

"请注意地面湿滑。"离开蛋糕店时，面对店员善意的提醒，美雪礼貌一笑。

在美雪回家必经的斜坡上，每隔五十米就有一盏路灯。此时，除了远处有一个下山的男人外，没有看到其他人。美雪看着雪花在路灯的灯光下短暂地出现又消失无踪，整个城镇的声音仿佛都被这场大雪吞没了一般，平安夜的住宅区好像被寂静包围了。

美雪沿着斜坡上的小路往山上走，忽然她停下来回头看着身后的街道，被雪覆盖的街道是美雪最喜欢的。因为自己的名字里有"雪"字，所以她从小就觉得雪天对她而言是特别的。

这时候，那个正在下山的男人离美雪越来越近了。虽然还下着雪，他却没有打伞，只是戴着一顶帽子，看不清脸。然而即使看不清对方的脸，美雪却还是觉得心中一阵悸动。

"他是谁？是我认识的人吗？"美雪在心中自问。

美雪刚开始以为对方是住在附近的居民，但当那人走近后，她便不这么认为了。从他走路的样子、整个人的那种感觉，美雪觉得异常熟悉。尽管美雪看不清他的脸，她的胸口处却越来越疼。

当那个人继续向前，走过两个路灯的距离后，美雪终于看清了那人的打扮。他全身从上到下穿着一套纯白色的西服，手里拿着一个铝制的箱子。他看起来不像是奇怪的人，不过帽檐的阴影依然让美雪看不清他的脸。

然而，从男人的角度看去，正在上山的美雪的脸，他看得一清二楚。也许是注意到了她，他突然停下了脚步，然后立刻朝她走了过来。因为他刚好从路灯下经过，整个人包裹在了逆光里。从美雪的角度仍然看不清他的脸，但她的心却在胸膛里猛烈地跳动着。她知道了！

那种走路的方式、那个样子、那种给人的感觉，是那个人！

美雪此刻的身体紧绷着，心脏怦怦直跳，她的脚步却停止不前。

"他为什么会在这里？还这身打扮？"一时间她竟不知到底该用什么表情面对这次相遇。美雪感到有些慌乱，脑海中顷刻间变得一片空白。

最后他们在斜坡中间的路灯下，面对面停了下来。

"你好。"英雄说道。

美雪不知道怎么回答眼前像陌生人一般向她问好的英雄，于是她只好沉默着。虽然她停下了脚步，却不知道该怎么面对他，只能低头盯着自己的靴子。

"我是……"英雄一边说着一边递出了什么。

美雪的视线慢慢移动到英雄的手上，英雄用右手递出了一张名片，名片上写着"时光胶囊株式会社 新井英雄"。

美雪并没有接过他递来的名片，只是小声地说道："我知道，你找到工作了。"

英雄微微一笑，轻点了一下头，但他没有将名片收回："我们公司的业务是为顾客保存一些多年前写给自己的信，并在指定的时间交给收信人，所以今天，我带来了这封十八年前你写的信。"英雄说完打开手里提的铝制箱子，从里面拿出了一封信，他盯着美雪的脸，把信递给了她。

"这是……"美雪慌忙伸手接过信。

"这是你十八年前写给我的信。"

美雪想起了被自己刻意遗忘了很多年的婚礼，确实，当时在婚礼前夕她曾写过一封信给英雄。在准备婚礼的忙乱中，她觉得无论如何都得将自己当下的心情写下来。为了写这封信，她反复推敲用词，基本没怎么睡觉。这些记忆又再次浮现在她的脑海里。

"为什么是现在，带这封信来……"从美雪口中说出的话并不是怀念，相反有些责怪。

"我在失去了一切后，想要开始新的生活。然而，直到我看了这封信，才第一次明白你为什么要离开我，是这封信让我明白的。"

美雪叹了口气："你明白什么了？"

"我曾经拼尽全力想让你过得幸福，想让亚利纱过得快乐。为此，经营公司时我忍受了很多痛苦，常常也会感到孤独和对你们的思念，但我认为这是我努力让你们能过得幸福的证明，你们一定会理解我的。即使后来我们脸上的笑容都越来越少，我们之间的情感交流也逐渐消失了，但我还是认为我不顾家庭地拼命工作，都是为了让你们过得幸福，你们也会理解我的。没想到你却带着女儿离开了。一开始我以为是因为我的爱没有准确地传达给你们，所以想着只要我继续拼命为了你们的幸福努力，总会有被你们重新接纳的一天，但其实并不是这样的，我所做的一切，根本不是你和亚利纱想要的。我自以为是地认为只有那样做才能让你们过得幸福，却没想到这些不过都是我自己强加给你们的罢了。其实你从一开始就告诉了我你想要什么样的生活，但我不仅没有认真倾听，还不停地给你强加一些从一个男人角度来看很酷的东西。发生了这样的事，我真的很抱歉……直到今天我才彻底明白过来。"

此时英雄的肩膀上已经落了一层薄薄的雪。两人之间的街灯下，雪花飞舞。

"我想要的是什么？"美雪双眼湿润地问英雄。

"人生的伴侣。"英雄闷闷地说，"我试图给你一个无忧无虑的生活环境，让你可以不用担心任何事，但其实你并不想被我保护，相反，你想和我一起克服生活中所有的困难，你想和我一起分忧，一起创造光明的未来。你想要的伴侣不是那种只会一厢情愿给对方幸福的人，而是会和自己的伴侣一起携手面对生活困境的人。其实我想要的，也并不是我独自背负压力，然后和家人慢慢离心的生活，我想要我们一家人团结在一起。其实我结婚后一直是这么想的。不，应该说从结婚前我就是这么想的。然而，我作为男人的自尊，以及觉得自己已经能独当一面的心理，都让我觉得，如果公司不走上正轨我就不能结婚。我总是在要帅，但读了那封信之后，我才终于明白了你为什么会带着女儿离开。我想那封信应该是从我们相遇时起，你一直想向我表达的心声吧。"

此时美雪已经泪流满面了。英雄也眼含热泪："我一直都没能明白你的心意，一定让你感到非常痛苦吧。"英雄有些哽咽，无法再继续说下去了，于是他只能先沉默一会儿。不过他还有想说的话没说，于是他调整了呼吸后，艰难地挤出了一句简短的话："对不起。"

英雄说完立马吸了吸鼻子，然后仰头开始大口地进行深呼吸，等情绪平稳后，他把刚才没有被接收的名片再次递了过去："现在，我在这家公司工作。如果你读了这封信后，觉得对我还留有一点儿写信时的感情，就请和我联系吧。到时候我们两个人，不，我们三个人一起吃个便饭吧？我认为现在的我，已经有勇气和能力重新开始我的人生了。所以，如果你愿意，请给我打电话。"

美雪注视着英雄颤抖的指尖良久，排除杂念后，她深吸了一口气，接过名片。

英雄笑了："谢谢。"然后他摘下帽子对美雪鞠躬行礼。

看着英雄此刻的样子，美雪不由得破涕为笑。

"看起来很奇怪吗？"

"还不是因为……"美雪将目光落在了英雄的头上，"你的头发一直被帽子压着，都有压痕了，你现在的发型看起来特别像达斯·维德。"

英雄一边苦笑着，一边不好意思地戴上了帽子。"看到你被帽子的压痕逗乐，还真像那部电影的最后一幕。"英雄用美雪听不见的声音小声嘟囔道。

《春日和洋辅》！"美雪脱口而出，等她反应过来后感到有些尴尬。这部电影她不久前还在看，刚刚才还了 DVD 光盘。一想到这些，她竟觉得有些害羞。美雪面露笑容，吸了吸鼻子："那之后……"

英雄再次打开了手中的铝制箱子，从里面取出一个细长的盒子："这个是给亚利莎的礼物，如果你感到为难的话，就说是圣诞老人送的吧。"

这次美雪没有丝毫犹豫，爽快地接过了那个盒子。

英雄再次看向飘舞的雪花中美雪的脸庞。美雪也看着英雄的眼睛。

"那我就先走了。圣诞快乐！"说着，英雄从美雪的身旁走过，继续往坡下走去。

"等一下！"美雪的声音再次响起，表情依旧有些紧张。她递给英雄一把伞："我就快到家了，所以这把伞给你用吧。"

美雪不由分说地把伞扔了过去。英雄下意识地抓住了伞柄。"但是……"英雄本来还想要说些什么，但美雪已经返身向坡上走去了。英雄只好就这样站着，目送着美雪的背影离他越来越远。

美雪一边走一边小声说道："我也应该道歉，对不起！还有就是，圣诞快乐！英雄。"

"我回来了！"

"你终于回来了。你明明说会马上回来的，这哪里是马上啊。"母亲佳子一边忙着手中的活儿，一边对美雪抱怨道。

"嗯，路上稍微耽搁了一会儿。"

这时，佳子才抬眼看到美雪，她突然"啊"了一声。"我都告诉你外面在下雪了，你怎么还是忘了带伞？鼻子冻得通红啊。"

"没有，我带了伞，不过回来的时候落在蛋糕店里了。"

佳子无可奈何地摇了摇头："你也真是的，明明外面还下着雪，却能把伞忘了。"

　　美雪苦笑了一下。即使是面对自己的母亲，像"刚才在路上遇到了英雄"这样的话也不好向她言明。"对不起，妈。稍等一下，我换身衣服。"美雪一边说着，一边进了自己的房间并关上了门，然后她从大衣口袋中拿出了英雄给她的那封信，开始认真地读了起来。

　　房间书桌的角落里，是美雪从高中起就一直在用的台灯，美雪将它打开，她还记得当初自己就是在这里写的这封信。这一切就像发生在昨天一样。正如英雄所说，美雪确实在交往的过程中感受到了孤独。她试着通过写信的方式告诉对方，想要尽可能不伤害到对方。当然，她并没有责怪英雄。她明白英雄的付出和善良。然而，在那些一边等待英雄能明白过来，一边独自挣扎的日子里，美雪是孤独的。即使两个人待在一起，她仍然会感到寂寞。

　　美雪将信封打开，取出信纸，她还没有开始读信，就已经因为怀念往日的时光而泪流满面了。

英雄：

　　回首过往，从我们开始交往以来，时间一直过得很快。我们去过很多地方，吵了很多架，但也拥有了许多难忘的回忆。在我们交往的这八年间，我所有的珍贵回忆里都有你，我真的感到很幸福。

你是非常温柔的男友，总是默默地守护着我，我觉得这样的你非常有男子气概，责任心也很强。这些都让我觉得你是一位非常好的男友。

从今天开始，你将不再是我的男友，而是我的丈夫了。

我从小就有一个梦想。那就是和喜欢的人结婚，然后我们一起创造属于我们的美好人生。

这是不是很普通的梦想？不论高兴、快乐、悲伤、悔恨、痛苦，我们都能一起分享。高兴、快乐时能一起欢笑，悲伤时能一起哭泣，悔恨、痛苦时能一起烦恼，遇到困难时也可以一起克服，能这样一起携手创造属于我们的幸福生活，就是我的梦想。

我相信，未来的日子里，即使困难来临，我们俩也能一起克服并把它变成美好的回忆。

这个梦想，我想和你一起实现。

英雄，一直以来你都独自背负了太多压力，所以从现在开始，让我们作为夫妻一起克服生活中的困难吧！这就是我所向往的幸福生活。

从现在开始直到永远，请你多多关照！

美雪

　　读信的过程中，美雪的眼泪不断掉落。她也不知道自己为什么会流出这么多的泪水，既不是因为怀念也不是感到悲伤或遗憾，这明显也不是快乐的泪水，她自己都不明白为什么会这样越哭越凶。

　　"妈妈？"也许是听到了美雪的抽泣声，亚利纱在房门外叫她。

　　美雪赶忙擦干眼泪，又擤了擤鼻涕，然后勉强露出微笑："怎么了呀？"

　　"您怎么了？"亚利纱有些惊慌地打开了美雪的房门。

　　"没什么。"美雪摇了摇头。虽然她极力地展露出一抹勉强的笑容，但那个样子一看就知道刚刚哭过。

　　"可是……"

　　"不用担心，没事的。"

　　亚利纱觉得虽然母亲嘴里说着不用担心，但其实她现在应该很需要被关心，可是亚利纱一时间竟不知道该怎么做。

　　感受到这种气氛的美雪，再次勉强挤出一抹微笑转向了亚利纱："刚才回来的路上，我碰到圣诞老人了。"

　　"圣诞老人？"亚利纱反问，"什么圣诞老人啊……"

　　"是的。他已经好几年没来了，所以妈妈也很惊讶，他今年竟然会来咱们家。在这样的大雪天里，他没有打伞，手里还拿着礼物，看起来很辛苦，所以我就送了他一把伞。"

　　亚利纱对此刻美雪突然说到的圣诞老人感到很困惑，她不知道该如何回应美雪才好。

"这个，是圣诞老人给你的礼物。"

当她看到美雪拿出来的小盒子时，立刻明白了为什么美雪会哭，以及她为什么提到了圣诞老人。

"爸爸来过了？"亚利纱差点儿脱口而出，但她忍住了。"圣诞老人……给我的？"说着，她接过了盒子。

美雪微微点头。

亚利纱小心地拆开包装纸，从里面取出了一个细长透明的盒子，盒子里装着一块手表。

"手表！这么可爱！"

在得知盒子里面装的是手表后，美雪又回忆起英雄曾经说过的话。在他们刚刚开始交往时，英雄就跟她说过几次自己高考时忘了戴手表的故事。

英雄上学时一直没有戴手表的习惯，因为那时教室里总会有一块挂钟，所以他觉得没有必要戴手表，后来他考试时去的考场教室里却没有挂钟，导致他考试发挥得并不理想，不过英雄最终的成绩还是合格了，这件事也就只被他当成一个笑谈来讲了。英雄可能是关心女儿的考试，却不知道该做什么，作为父亲，现在他能想到的就只有送手表了。

亚利纱立即把手表从盒子里拿出来，戴在了左手上："怎么样？好看吗？"

美雪不停地点头。

"虽然有了手机其实就不需要手表了，但是仔细想想，考试的时候是不能带手机的。"看来亚利纱已经明白了英雄的想法。

"确实。"美雪小声回答道。

"那妈妈您换好衣服后就下来吧，我先下去帮外婆准备一下，我们还有蛋糕要拆呢。这个，我也给外婆看看。"亚利纱说着走出了房间。

美雪从衣兜里拿出英雄的名片，认真地看了好一会儿。然后，她将名片和信纸一起装进了信封之中，然后将信封放在了写字台上，转身走出了房间。

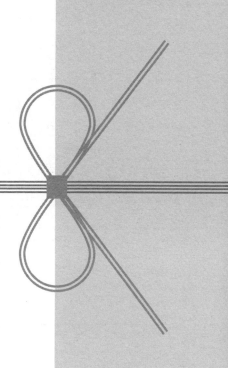

重啓

十年前から
やってきた
使者

　　"早上好！"英雄一边兴高采烈地跟大家打招呼，一边走进公司。公司的布置依然和两周前他第一次来面试时一样，丽子和海人也都在。

　　"早上好。你圣诞节过得如何？"海人问道。

　　英雄有些不好意思地低下头："好久没扮演圣诞老人了。"

　　"啊，这是……"海人瞬间就领悟了英雄的言外之意，"终于鼓起勇气了吗？"

　　"对。你还记得十天前，我们一起去给原宿的重田先生送信吗？那时他的女儿对我说了些话，不知怎的，我总感觉她像是在替我女儿诉说一样。经历了这些后，我觉得以前的自己真是个傻子。不过我也想开了，既然已经是傻子了，就无所谓更傻一些了吧，所以回来后，我决定要重新开始。"

　　"重新开始是很重要的。"海人将双手交叉在一起抱于胸前。

"等等，等等，等一下。为什么你们的对话我完全听不明白啊？"丽子不满地说道。

"过一会儿你就明白了。"海人安抚丽子道，然后又继续问英雄，"然后呢，当了傻子的你做了什么？"

英雄无力地笑了："然后，我一时冲动就去了我妻子的娘家，但到了她家门前，我又突然冷静了下来。我本想试着鼓起勇气敲门，但当我看到从门缝下面漏出的灯光时，我感到了幸福，是那种我从未在现在的家里感受到过的幸福，所以我很怕自己的出现会破坏这份幸福。"

"啊？那后来……不会是……"

"于是我就这么回去了。"

"啊？！"海人大叫着抱住头。

丽子多多少少明白了事情的大概，听到这里时也不由得皱起了眉头。

"但是……当我从下坡的路上往车站走时，看到有人从前面向我走了过来。"

"啊！来了！不会那么巧吧？"

"真就这么巧！那人正是我的妻子！"

"那么，这个故事应该有一个快乐的结局？"

英雄苦笑着："我不知道，但是我告诉她说，我想和她，还有女儿一起吃个饭。"

三人陷入了短暂的沉默之中。

"组长你那边怎么样了？你去了大阪吧？"

"啊？"丽子脸上再次露出了困惑的神情，她又不解地看着海人。

"嘘！不可以说！"海人赶紧对英雄说道，但这时候下达封口令明显为时已晚。

"什么事啊？"丽子问。

"没什么，其实就是和一位可爱的姑娘关系变得很好，对方说想见面而已。"

丽子脸上露出了惊讶的神情："虽说休息日想做什么是你们的自由，但毕竟你们的工作就是经常到处跑，所以休息日还是好好休息一下会比较好。那这样看来……以后你休息时都得去大阪了吧？"

"不用，她好像已经下定决心要去东京了。"

"这样啊。"英雄回应道。

"是的，她要去东京学习化妆。她说要先从底层干起，一点一点积累经验。"

"感觉大家都要开启新的人生了。"英雄感慨地说。

丽子双手叉腰，看看英雄，又看看海人："那我安排一下接下来的任务吧。"

海人和英雄同时看着对方，都轻轻点了点头，然后一起转头看向丽子。

"这次的任务来自东京的一所私立高中，信是学生们写给十二年后三十岁的自己的。这所学校每年都会在毕业典礼时，让学生们写信给未来的自己，可惜后来学校停办了，我们就把所有的信都接了过来。"

"这样说起来，去年也有这所学校的任务？"

丽子点了点头："这次的任务海人需要配送四封信，新井需要配送三封信，给你们每人两周时间，可以吗？"

"我只需要配送三封信就可以吗？"英雄问道。

"因为马上就要到年末了，买票也没那么容易，所以你们要完成这次任务可能会比平时花更长的时间。"

英雄不吭声了。确实，这种时期，开车也会被堵在路上，而如果他们选择坐新干线或飞机，买票也是个难题。如果再需要像之前那样去海外送信，票就更难买了。

"这是名单。"丽子说着，递给海人和英雄一人一份名单。

英雄看了看自己的配送名单。第一封信要配送到小豆岛 ①，第二封信要配送到名古屋，而第三封信竟然要配送到中国辽宁省的大连市。

"果然是要去海外送信，这样看来时间确实很紧张。先从第一封信开始配送吧，但要怎么去小豆岛呢？去岛上可得花不

---

① 小豆岛位于日本四国地区的东北方，夹在四国与本州之间。在濑户内海三千多个岛屿中，小豆岛是第二大岛，也是人气极高的度假胜地。——译者注

少时间。"英雄心里正这样想着，电光石火间他好像想到了别的什么事情。

这时，海人拍了拍英雄的肩膀："走吧。"

"啊？好。"

"等一下。"丽子叫住两人，"今天早晨，有一封寄给你们两人的信。寄信人是来自北海道的本田樱女士，也就是之前配送名单中的森川樱女士。"

海人从丽子手中接过信，再次对英雄说了一句"走吧"，两人很快就离开了公司。

在他们一起等电梯时，海人突然问道："新井，你第一封信是要送到哪里？"

"小豆岛。组长你呢？"

"我这边是要送到石川县的小松市。你要坐飞机去吗？"

"是啊，坐飞机可以直接到冈山或者高松。我想先去机场看看，如果有票就坐飞机去，如果没有就改乘新干线。"

"那我们一起去机场吧。"

当两人进入电梯后，英雄向正在按楼层按钮的海人问道："组长，你之前去奄美大岛花了多久？"

海人虽然没有回答，但他的肩膀在不停地抖动，看样子是憋着笑呢。

此时刚好电梯到了地下停车场，门开了。

"那里的烤肉，真的非常好吃。"海人只说了这句话，就快步走出了电梯。

英雄在后面紧跟着海人，两人的脚步声在地下停车场回荡。等他们上了车关上车门后，外面的声音像被隔绝了一般，仿佛此时车里的空气都停止了流动。

"新井，你发现得太迟了。其实周六你来公司交文件时看到我也在，那时你就应该能发现了。"海人咯咯笑着。

"我完全没发现！那时我什么也没有想到！直到今天我在想去小豆岛往返需要多久时，才突然想到周六在事务所看到了组长。如果你真的去了奄美大岛，就不可能在那个时间点出现在事务所里。"

"这是最后的测试。"

"测试？"英雄皱眉。

"对。通过让你独自送信，看看你能否通过我们公司送信员的测试。"

"也就是说，组长你当时也在那家店里？"

"是，我是去看看情况的。"海人指了指放在汽车后座的包，"你看看那个。"

英雄按照他说的转过身，将放在汽车后座的袋子拿了过来，他从袋子里面拿出了假发、胡须、眼镜和帽子："这是……"英雄还没反应过来。

"哎呀新井，当时你还挺热血的。'正是因为我们陷入了现实的困境中无法自拔，才有了我们追寻理想的绝佳机会''人生路上，一寸之外皆是黑暗……黑暗之中总会有光明'……我真的很感动！"

"啊？那个波田山一树先生是？"

"当时我一直在拼命忍着笑。你都那么盯着我看了，居然完全没有认出我来。"

"啊？！那个人是组长你吗？也就是说，其实波田山一树先生根本就不存在吗？"

海人摇了摇头："波田山一树先生是确实存在的，他是在你到达之前我负责配送的信件的收信人。所以，那些话并不是我凭空编出来的，那就是波田山一树先生的人生。"

"但是，信……我在那之前拿到了信啊。"

"那是白纸，当时在打开信封之前我就换了它。我读的其实是从波田山一树先生那里拿到的那封信的复印版。你都没注意到我换了信！"

"啊！怎么会这样？我完全没想到组长你还会变装，当时只想着怎么全力以赴地完成任务。"

"没有奉承的意思，你真的做得太棒了。我当时听了你的那些话，真的感到热血沸腾。"

英雄的脸都羞红了。

"听了你的话之后，我也好好想了想。其实无论是谁的人生，都会有陷入黑暗的时候，但黑暗的前方总会有光明，只要努力地向光而行，前方就一定会有新的生机。"

英雄点了点头："确实是这样的。"

"这样想想，黑暗也没什么可怕的了。怎么说呢，这样的时刻就像婴儿出生前在母亲腹中一样。"

"婴儿出生前在母亲腹中……确实是活在黑暗中呢，但是……也确实不那么令人害怕了。"英雄由衷地回答。

海人从口袋里掏出刚从丽子那里接到的信："也许这也是一个在黑暗之中找到了光的故事。"说着，海人将信交给英雄，然后发动了汽车。

在开始缓慢移动的汽车中，英雄坐在副驾驶座上打开信。"我读给你听吧。"

"好啊。"海人一边说着，一边急打着方向盘。轮胎摩擦着地下停车场的地板，发出"吱吱"的声响。当汽车开到地面上时，冬日的蓝天令人心旷神怡，路边的积雪正在慢慢融化成水。而马路上此时已经没有积雪了，只留下一道道棕色的泥泞。

吉川海人先生、新井英雄先生：

前些日子，多谢二位了！

托你们的福我已经修好了我的车。那天车子出现故障是在寒冬来临之前，仔细想想也是一件好事。

　　在你们出现之前，我一直有一个心结，那就是我不应该感到快乐和幸福。如果有什么好事发生在我身上，我总会在第一时间告诉自己，"不行，不行，不行"。

　　我知道和我这样性格的人在一起真的很麻烦、很痛苦，但我无法停止这样想，这给我的丈夫带来了很多困扰，所以我越来越不愿意原谅自己，我甚至开始讨厌自己了。

　　然而，自从我们那天在风雪中相遇之后，我开始努力让自己改变想法，一点一点地改变。而且，正如吉川先生您建议我的那样，每当我的心感到不在当下时，我就开始对自己说："不行，不行，关注现在，关注这里！"有时当我感觉到自己的思绪开始游离，每次我都会立刻告诉自己"现在，我必须回到这里"，虽然每次的改变都只有一点点，但我觉得我心情好的时间逐渐开始变多了。

　　昨天，我迎来了人生的一个重要转折，发生了一件很棒的事情。在我的身体里有了另一个小生命，我怀孕了！孕育一个新生命的感觉，之前我只在书里看到过。

　　据说，一个新生命诞生的概率是数百亿甚至数千亿分之一。换句话说，如果我过去选择了不同的道路，即使只有一点点偏差，这个孩子也不会出现。也许走上另一条道路的我也会生孩子，但肯定就不是这个孩子了。

这样想的话，我突然觉得我以往所做的每一个决定和行动都是有意义的。相反，我也意识到了，如果我的人生不是现在这样，我就不可能见到这个孩子。不管是好事还是坏事，不管是痛苦还是快乐，我都从心底感谢自己以往所经历的一切。

所有过去我经历的一切，我现在觉得都是有意义的。

不，我真诚地认为，这一切都是必然的。我自己也没想到怀孕后我竟会有这种感悟。我心里已经没有了乌云，现在只感觉万里无云、风和日丽。这个世界真美好！我从未想过有一天我还能感受到这些。

这一切都是大家，还有这个孩子教会我的。

吉川先生对我说过，如果有这样一天一定要告诉他。说实话，那时我觉得根本就不会有这样的一天。不过同时我也期待，如果真能有这样的一天该多好啊。我从未想过，这一天这么快就来了。就在一瞬间，我突然理解了人生的意义。我觉得迄今为止，我身上所发生的一切故事都是为了让这个孩子来到这个世界上。我丈夫对此也有同感。离我上一次看见他脸上露出那么灿烂的笑容，真的已经过去很久了。

　　为了能平安顺利地生出这个孩子，我以后一定会更加珍爱自己。在我接下来的人生中也是同样的道理，虽然生活中不会总有好事发生，但我会一点点地努力驱散自己心灵的阴霾。不管遇到怎样困难的情况，我都会去努力克服的。

　　我想总有一天，我能肯定过去的自己，并在未来做出很棒的事情。不，也许正相反。也许正是由于未来我做出了很棒的事情，才会肯定过去那个糟糕的自己。不管是哪一种，现在的我真的感觉非常幸福。

　　今天就是我的重生之日。

　　我永远也不想忘记现在的感觉，所以我想将这封信寄给十五年后的自己，可以吗？

　　是不是感觉我有点儿像青春期的孩子？（笑）

　　我衷心地觉得，我们能相遇真是太好了。我也希望，这封信能够成为十五年后的我自己再次开启新生活的机遇。

　　此致

敬礼！

　　　　　　　　　　　　　　　　　　本田樱

　　若林丽子送海人和英雄离开后，就回到办公室继续准备其他信件的资料了。这时，公司大门突然再次被打开了。

　　"社长！早上好！"

　　"早！"来人正是西山社长。

　　"您突然来办公室，是发生了什么事吗？"

　　"新来的新井怎么样了？我来就是想问问他的情况。是不是问得有点晚了？"

　　丽子微笑道："海人觉得他非常好。他认为不管是从个性、经验、知识和谈吐，还是从性格上来说，英雄都十分适合这份工作，是不可多得的人才。"

　　"这样啊，真不错！"西山满意地点了点头。

　　"不过话说回来，社长，您平时招聘时都会非常严格地进行面试，因此淘汰了很多人，但您当时一看到新井就点头要了，您是怎么知道他适合这份工作的？"

　　"嗯……可能是名字吧。"

　　"名字……吗？"

　　"毕竟他叫新井英雄，new hero，这名字寓意很好，也许在冥冥之中就预示着，接到他名片的人都能得到改变人生的机遇。"

　　"这样啊。"丽子回应得有些勉强，"不会只是……因为这个吧？"

　　西山坏笑了一下："差不多吧。"

丽子知道，当社长说"差不多吧"时，就不便再深究了，于是她没有再说什么。

"不管怎样，他们现在是一对很好的搭档了。"西山似乎很满意，"英雄对我们公司而言，可能也是 new hero。"

"是啊。"丽子微笑着回答。

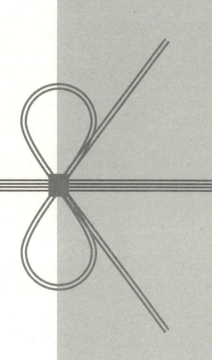

十年后

＼表参道

十年前から
やってきた
使者

教堂里正在举办婚礼，新郎和新娘在牧师的引导下转身面向来宾。看到这一幕，宾客们纷纷站起来，对这对新人报以微笑。

"在神的祝福下，这对新人将在今天结为夫妇，在场的每一位来宾皆是见证人。"牧师话音刚落，教堂里就响起了热烈的掌声。

美羽本来决定不哭的，但当她看到高中的朋友们都在喜极而泣时，还是忍不住泪流满面。美羽从宾客席位的前排依次看去，每一位宾客都面带着笑容，在真诚地鼓掌。前面几排站的都是亲戚，后面几排站着的是朋友，再后面就是几排空的席位。在这些空席位的最后站着一位穿着纯白色西服的人，他也和其他人一样正在鼓掌。

美羽不知道他是谁。在婚礼上，一个不是新郎的人穿着白色西服，多少会让人觉得有些奇怪，但也有可能他是新郎那边的亲友。

美羽挽着新郎的胳膊，两人一起穿过宾客席走出教堂，沐浴在一片祝福的掌声中，这一切都美好得如同做梦一般。两位新人被工作人员引向了教堂外的另一个房间，而嘉宾们出了教堂后，就去准备花浴了。等他们都准备好了，工作人员就会引着新人过来，在教堂外的楼梯上接受亲友们的撒花祝福。

"穿着这种裙子一定很累吧？"新郎充问美羽。

"嗯，没关系。"美羽笑着回答。不知道为什么，她脑子里此刻一直在想着刚才在教堂里看到的那位穿着一身白色西服的男子。

"准备好了！有请新人！"听到工作人员的声音后，房间门被再次打开，外面的阳光一瞬间照了进来，竟有些刺眼。

"恭喜新人！"房间外恭贺之声此起彼伏，鲜花的花瓣从天而降。

两位新人一起走下楼梯，和宾客们一一见礼。最后，所有的宾客和两位新人一起聚在了楼梯的台阶上拍照留念。美羽向上抬头看着自己刚才走过的台阶，此时已经站满了为了照相而聚集在一起的亲友们，然而他们之中却并没有那个穿着一身白色西服的人的身影。

他们的婚礼感觉全程都有些慌慌张张的。虽然已经准备了快一年，但婚礼真正开始后却进行得很快，在他们还没有意识到发生了什么时，婚礼的仪式竟然就已经结束了，接下来他们就要立即赶往婚宴现场了。在婚礼开始前，美羽认为"这是自己人生中最重要的一天，一定要把它刻在记忆中"，然而等到婚礼真的开始后她想的却是"下一步该做什么了"，完全没有精力去好好感受过程。

"接下来，由我带您二位去婚宴现场。"

听到这样的话，美羽立刻站了起来。此时，她整个人脑中一片空白，之前准备的所有流程都没记住，只是在按照工作人员的指示行动。

新郎充向她伸出手。

"谢谢。"美羽小声说道，拉起了充的手。

到了宴会厅的门口后，工作人员一会儿看看充和美羽，一会儿看看门里面的准备情况，他在等待一个合适的时机来引导两位新人入场。

美羽深吸了一口气，想让自己的心平静下来。这时，她突然感觉到左手通道处站了一个人，于是转过身来。那位身穿白色西服的人正在朝她走来，这人正是之前婚礼时站在教堂最后一排的那位。

"那个人……好像在哪里见过。"

她不知道这位穿着一身纯白色西服的人是谁，但似乎记忆中她曾在某个地方和一位同样打扮的人说过话，可能之前会注意到他，就是因为他们曾经在什么地方见过？

美羽睁大了眼睛，光线透过走廊的窗户，照在一步步向她走近的男子脸上，美羽终于看清了他的脸。她心中此刻充满了惊讶和怀念，甚至忘记了呼吸和说话。

男子不再犹豫，微笑着直奔美羽而来。

"差不多可以入场了。"等在婚宴会场入口处的工作人员观察着里面的情况，回头对充和美羽说道。

"等一下，等一下！"美羽放开充的手，向那位男子走了过去。

"啊？"充对此有些惊讶，他也注意到了男子的存在。

美羽看着满脸笑容的男子，也露出了微笑，同时泪水不由自主地涌出："爸爸！"

听到美羽的话，充不由自主地张大了嘴巴："爸爸？"

"让大家久等了，有请新郎和新娘入场。"会场的司仪话音刚落，会场中就响起了热烈的掌声。

此时站在通道尽头的重田树，一脸幸福地看着新娘的侧脸。他从未想过自己会以这样的方式出现在女儿的婚礼上。

一切都要从十年前的十二月份说起。树回忆起那天出现在他们父女面前的神秘白西服二人组，他有时甚至怀疑他们是否真的出现过。那天他和美羽在原宿遇到了一对奇怪的人，虽然感觉像是在做梦一样，但他知道这一切都是真的。证据就是，他们给他留下的那封信。那天他们的相遇真的不是一个梦！

树从记忆的角落里找出了十年前那件事情的经过。

致几川树：

　　十年后的我，你好，现在的我完全想象不到你会是什么样子，在做什么。是在知名的学校任教，还是在岳父的公司里工作，抑或已经梦想成真，成了一名职业高尔夫球手？不过这似乎不太可能。

　　我确实想让妻子过得幸福，也想让美羽过得快乐，也知道自己该尽为人父的责任，但我真的无法轻易放弃曾经的梦想。我做不到！

　　十年后的我，希望你那时候已经解决了现在的我的这些烦恼，也已经知道了那些现在我回答不出的问题的答案了。

　　　　　　　　　　　　　　　　　　　重田树

　　等树将看完的信合上以后，海人竟去而复返了。

　　"怎么样？"海人坐在了树的面前。

　　"这没什么大不了的，这是一封我不需要读的信。"树嗤笑一声，"我感到很抱歉，这样一封毫无用处的信，却让你们费尽千辛万苦送来了。"

　　听到树的话，海人脸上的笑容并没有变："对我们而言，阅读了我们送来的信后，重田先生有什么感受其实都和我们无关，但是……我确实会为您的感受感到很遗憾。"

"嗯，如果一封信就能轻易改变我的生活和解决我的烦恼，那么生活应该就不会那么艰辛了。"树直言道。

"我不这么认为。"海人严肃地回答，"您没能被信的内容触动，只是因为这封信里没有爱罢了。"

"爱？"树脸上浮现出一个被愚弄的笑容。

海人继续说道："是的，爱。十年前，您真的是认真在写这封信吗？是带着对十年后的自己的珍重写的这封信吗？"

"珍重自己？"

"一封充满了对读信人的珍重和爱意的信，不仅会改变读信人的人生，还会给予他抛弃烦恼的勇气，以及克服困难的力量。您读了十年前自己写的信后，说您一点也不受触动，那就是因为这封信里没有爱。十年前的您并不是带着对现在的自己的珍重与爱意写的这封信。"

海人说着，从口袋里又掏出了一封新的信："这里还有一封信，我想写信之人是带着足够的爱意和对读信之人的珍重才写下的，我想将它交给您保管。"

树看着放在桌上的信："这是……"

"是的，这是美羽小姐刚刚写的信。她希望将这封信送给十年后的自己。重田先生，现在我想请您来保管这封信，这样的话，您就不需要再向我们支付这封信的保管费了。不过请您十年后务必要将这封信交给她。"

"由我来将这封信交给她吗？"树有些犹豫和不解。

"是的。事实上，我想美羽小姐之所以会写这封信，是希望现在的您能读到。所以，我想请您现在读读它。"

"现在？"树苦笑道，"女儿写给她自己的信，我这个做父亲的随意拆开看是不是有些不太好……"

"您害怕读这封充满爱意和珍重的信吗？您害怕知道女儿和家人对您的爱吗？您不是说一封信改变不了什么吗？其实您不愿意读信只是害怕碰触爱而已，现在不是耍帅的时候。您没有勇气接受爱吗？知道和接受孩子的爱，难道不是您作为父亲的责任吗？"树的内心被海人锐利的眼神刺痛了。

他表情严肃地伸手去拿桌子上的信："读读就行吧，那我读一读……"他硬撑着将话说了一半就没了声音。信封还没有封口，树慢慢将信抽出了信封。

海人却按住了他的手："如果您在这里读的话，美羽会看到的，我劝您去厕所看吧。"

树瞄了美羽那边一眼，她正在和另一位穿着一身白色西服的男人说话。"我明白了，就这么办吧。"

树刚要站起来，却被海人用目光制止："在此之前，我先为自己之前的无礼向您道歉。十年后，请别忘了把这封信交给您女儿。"

说着海人站了起来，心情复杂的树也跟着站了起来，然后顺势走进厕所。海人对着树的背影，深深鞠了一躬。

这家咖啡店的厕所是男女混用的。树走进厕所隔间后立刻锁上了门，然后才慢慢地从信封里取出了信。这是美羽刚刚写好的信。树已经好久没有看到女儿写的字了，信上的字体感觉比他之前看到的要成熟许多。

致十年后的美羽：

十年后的我，不知道你是否还记得今天事情。今天我和父亲一起逛街时，突然出现了两个奇怪的人，然后我才有机会给你写这封信。其实我有很多事都想问你。

我今年就要中考了，今后十年我还要读高中、上大学。不知道在未来面对大学和就业的问题时，我会如何选择，又会和谁相遇？那一定是现在的我想象不到的十年吧。

不过我最想问的其实是爸爸和妈妈的事情。

自从我出生后，爸爸好像放弃了自己人生中最重要的东西。如果真是这样，我感到很抱歉！我希望爸爸和妈妈都能因为我过得幸福，但实际上好像我才是那个妨碍他们幸福的存在，我要怎样做才不会妨碍他们获得幸福呢？怎样才能让他们两人和好呢？怎样才能变成爸爸喜欢的样子呢？这些事情困扰了我很久。不知道十年后的我是否还记得。

我还想问十年后的我，你过得幸福吗？爸爸和妈妈都过得幸福吗？大家都能感到快乐吗？

不过，在我写这封信的时候，我突然意识到，我应该从现在开始努力才能在未来实现这些愿望。作为他们的孩子出生到这个世界上，这就是我的责任。

虽然实现这个愿望可能会很难，但是我还是想试试。为了让十年后的大家能聚在一起欢笑，我会继续努力！

See you then.

美羽

原来那位穿着一身白色西服的年轻人说的是真的。一封充满爱意和珍重的信，会像波涛澎湃的大海一样，冲击到读信人的心灵深处，从而打动读信之人。读完信后，树被冲击得有些站立不住。就在那一天，在读完美羽的那封信的那一瞬间，树开启了新的人生。原来充满爱意和珍重的信，真的拥有能够改变人生的力量。

此时婚宴会场的入口处，树正一步一步地走近已经亭亭玉立的女儿。美羽回忆起这十年来发生的点点滴滴，她的愿望算是落空了。那之后不久，树和妻子就离婚了，这让美羽很伤心。也是因为这个，树离开了岳父的公司，同时他也彻底放弃了做职业高尔夫球手的梦想，他选择了一条新的路——经营拉面屋。一开始，他去拉面屋打工，终日埋头苦学，积累经验。只用了短短三年，他就可以独立开店经营了。经他不断打磨出来的拉面味道，受到顾客们的一致好评，两年后他就开了分店。

现在，树在日本已经拥有三家拉面屋了，而且还在海外开了两家分店，他现在一共拥有五家店面。他给拉面屋起名叫"美羽亭"，就是想告诉女儿，自己现在已经走上了一条全新的道路，他能活得如此努力都要感谢美羽。树一心想着如果拉面屋变得家喻户晓，也许有一天，美羽也会知道这家店，这样她应该就能感受到自己对她的思念了。树就是靠着这一动力，一直不断努力到了今天。

当然，树并不知道这件事美羽是否已经知道了。作为父亲，他能做的就只是给她足够的抚养费，在她生日和其他重要节日送她礼物，然后就是为了有一天当美羽知道这家店时，自己可以对她说"因为美羽，爸爸为拥有一个精彩的人生而努力"。他认为在过去的这十年间，他只实现了这三个目标。

终于到了要将信交给美羽的日子了，他不知道今天他的出现对美羽来说意味着什么。只能赌一把了！他想亲口告诉美羽，正是因为她的存在，他才真正成了父亲，成了可以亲口告诉她这些的父亲。为了这个，他才一直奋斗到今天。

美羽已经注意到他了，并向他走来。树试着露出微笑，强忍着快要涌出眼眶的泪水。美羽也在对他微笑。

"爸爸。"

听到美羽叫他，树加快了脚步。

"爸爸！您来了！"

树摇了摇头："对不起，我不能进去。"

"那您为什么……"

"为了把这个交给你。"树从西服口袋中拿出了一封信，将信递给美羽。

美羽不知所措地接过来："这是什么？"

树微笑道："这是挽救了我人生的一封信。"说着，树流下眼泪。

"啊？"美羽没有理解父亲的话，看看手中的信，又看看父亲。

"美羽，让你曾经过得那么痛苦，我感到很抱歉。"

美羽沉默地摇了摇头，大滴泪水顺着她的脸颊流下。

充站在那里，震惊地看着两人。婚礼会场中的宾客们通过打开的门，只看到新郎一个人呆呆地站在那里，热烈的掌声逐渐停止，因为没有看到新娘，会场开始变得嘈杂。工作人员赶忙将门关好。主持人反应很快，拿起话筒说道："看来新娘还没准备好，请大家稍等片刻。"

会场外，树正流着泪说道："这是你十年前，在表参道的咖啡厅里写给现在的自己的一封信。可能你已经忘了。"

美羽看着信，喃喃自语："我记得好像是有这么一件事。"

"啊，确实有啊！当时是因为，爸爸以前在做学校老师时，写了一封信给未来的自己，那天就被两位穿着一身白色西服的男子送来了。"

"啊，确实有这样的事！"美羽清晰地回忆起来了。

"这就是你那时写的那封信。当时那位送信人非要让我看，虽然知道这样不太好但我还是看了。看完以后我才知道自己是一个多么糟糕的父亲，竟然会给你带来那么多的痛苦。"

"好了，都过去了。今天能见到您我真的很高兴！"

"谢谢。不过今天我无论如何都想告诉你，为此我努力了十年。"

"什么？"

"爸爸我真的是因为你的到来才变得幸福的，全都是因为你！谢谢。"说到最后，树的声音微不可闻。

美羽哽咽着说不出话来，于是她上前拥抱了父亲，父女两人相拥而泣。而此时在一旁看着的充也双眼含泪。

"好了，你赶快去吧，你的丈夫等你好久了。"

美羽点了点头。

"要漂漂亮亮的，美羽。你可是爸爸最引以为傲的女儿。"

美羽又点了点头。

树牵起美羽的手，将她郑重地交给了充，然后说："我这个女儿非常温柔，我正是因为她的存在才有了今天的成就。我想请你以后好好照顾她。"说着，树对充深深鞠了一躬。

充也赶忙还礼。

"准备好了吗？"会场的工作人员小声问道。

美羽和充都赶忙擦干了眼泪。美羽深吸了几口气后，坚定地说道："准备好了！"

会场的门再次打开，迎接他们的，是比刚才更热烈的掌声。

树眼含热泪地注视着二人走进会场。

未来，属于终身学习者

我们正在亲历前所未有的变革——互联网改变了信息传递的方式，指数级技术快速发展并颠覆商业世界，人工智能正在侵占越来越多的人类领地。

面对这些变化，我们需要问自己：未来需要什么样的人才？

答案是，成为终身学习者。终身学习意味着永不停歇地追求全面的知识结构、强大的逻辑思考能力和敏锐的感知力。这是一种能够在不断变化中随时重建、更新认知体系的能力。阅读，无疑是帮助我们提高这种能力的最佳途径。

在充满不确定性的时代，答案并不总是简单地出现在书本之中。"读万卷书"不仅要亲自阅读、广泛阅读，也需要我们深入探索好书的内部世界，让知识不再局限于书本之中。

湛庐阅读 App: 与最聪明的人共同进化

我们现在推出全新的湛庐阅读App，它将成为您在书本之外，践行终身学习的场所。

- 不用考虑"读什么"。这里汇集了湛庐所有纸质书、电子书、有声书和各种阅读服务。
- 可以学习"怎么读"。我们提供包括课程、精读班和讲书在内的全方位阅读解决方案。
- 谁来领读？您能最先了解到作者、译者、专家等大咖的前沿洞见，他们是高质量思想的源泉。
- 与谁共读？您将加入优秀的读者和终身学习者的行列，他们对阅读和学习具有持久的热情和源源不断的动力。

在湛庐阅读 App 首页，编辑为您精选了经典书目和优质音视频内容，每天早、中、晚更新，满足您不间断的阅读需求。

【特别专题】【主题书单】【人物特写】等原创专栏，提供专业、深度的解读和选书参考，回应社会议题，是您了解湛庐近千位重要作者思想的独家渠道。

在每本图书的详情页，您将通过深度导读栏目【专家视点】【深度访谈】和【书评】读懂、读透一本好书。

通过这个不设限的学习平台，您在任何时间、任何地点都能获得有价值的思想，并通过阅读实现终身学习。我们邀请共建一个与最聪明的人共同进化的社区，使其成为先进思想交汇的聚集地，这正是我们的使命和价值所在。

CHEERS

湛庐阅读 App
使用指南

读什么

· 纸质书
· 电子书
· 有声书

怎么读

· 课程
· 精读班
· 讲书
· 测一测
· 参考文献
· 图片资料

与谁共读

· 主题书单
· 特别专题
· 人物特写
· 日更专栏
· 编辑推荐

谁来领读

· 专家视点
· 深度访谈
· 书评
· 精彩视频

HERE COMES EVERYBODY

下载湛庐阅读 App
一站获取阅读服务

株式会社タイムカプセル社　十年前からやってきた使者　新版

KABUSIKIKAISHA TIMECAPSULESHA JYUNENMAE KARA YATTEKITA
SHISHA　SHINPAN

Copyright © 2022 by Yasushi Kitagawa

Original Japanese edition published by Discover 21, Inc., Tokyo, Japan

Simplified Chinese edition published by arrangement with Discover 21, Inc.

All rights reserved.

图书在版编目（CIP）数据

时光胶囊株式会社 ／（日）喜多川泰著 ；于蓉蓉译
. -- 杭州 ：浙江教育出版社，2024.6
ISBN 978-7-5722-7890-7

Ⅰ．①时… Ⅱ．①喜… ②于… Ⅲ．①长篇小说－日
本－现代 Ⅳ．①I313.45

中国国家版本馆CIP数据核字(2024)第099301号

浙江省版权局
著作权合同登记号
图字:11-2023-317号

上架指导：文学／成长励志

时光胶囊株式会社
SHIGUANG JIAONANG ZHUSHI HUISHE

［日］喜多川泰　著

于蓉蓉　译

责任编辑：王晨儿
美术编辑：韩　波
责任校对：王方家
责任印务：曹雨辰
封面设计：湛庐文化

出版发行：浙江教育出版社（杭州市环城北路 177 号）
印　　刷：唐山富达印务有限公司
开　　本：880mm ×1230mm 1/32
印　　张：7.875　　　　　　**字　　数：**150 千字
版　　次：2024 年 6 月第 1 版　　**印　　次：**2024 年 6 月第 1 次印刷
书　　号：ISBN 978-7-5722-7890-7　　**定　　价：**69.90 元

如发现印装质量问题，影响阅读，请致电 010-56676359 联系调换。